어린왕자

The Little Prince

어린왕자

개정판 1쇄 인쇄 | 2014년 3월 25일
개정판 1쇄 발행 | 2014년 3월 31일

지은이 | 생 텍쥐페리
옮긴이 | 김은영
펴낸이 | 진성옥 · 오광수
펴낸곳 | 꿈과희망
디자인 · 편집 | 김창숙, 박희진
출판등록 | 제1-3077호

주소 | 서울시 마포구 토정로 222 B동 1층 108호
전화 | 02)2681-2832
팩스 | 02)943-0935
e-mail | jinsungok@empal.com

ISBN | 978-89-94648-55-2 02860
※ 책 값은 뒤표지에 있습니다.
※ 새론북스는 도서출판 꿈과희망의 계열사입니다.

ⓒ Printed in Korea.

※ 잘못된 책은 바꾸어 드립니다.

The Little Prince
어린왕자

생 텍쥐페리 지음 | 김은영 옮김

꿈과희망

그의 탈출을 위해서, 나는 그가 철새의 이동을 이용했을 것이라 믿는다.
In order to make his escape, I believe he took advantage of a migration of wild birds.

The Little Prince
어린왕자

레옹 베르뜨에게

  이 책을 어른에게 바친 데 대해 이 책을 읽을지도 모르는 어린이들에게 용서를 구한다. 그럴 만한 중요한 이유가 있다. 첫 번째 이유는 그 어른이 이 세상에서 가장 좋은 나의 친구라는 것이다. 두 번째 이유는 이 어른이 모든 것을 이해할 수 있으며 어린이를 위한 책들까지도 이해할 수 있다는 점이다. 세 번째 이유는 그 어른이 프랑스에서 살고 있는데 지금 그곳에서 추위와 굶주림에 떨고 있다. 그는 위로받아야 할 처지에 있는 것이다. 그래도 이 모든 이유들이 부족하다면 나는 이 책을 그 어른의 어린 시절에 바치기로 하겠다. 어른들은 누구나 한때 어린아이였으므로. (그러나 그것을 기억하는 어른은 별로 없다.) 따라서 나는 나의 헌사를 이렇게 고쳐 쓰겠다.

__ 어린 소년이었던 때의 레옹 베르뜨에게

TO LEON WERTH

I ask children to forgive me for dedicating this book to a grown-up. I have a serious excuse: this grown-up is the best friend I have in the world. I have another excuse: this grown-up can understand everything, even books for children. I have a third excuse: he lives in France where he is hungry and cold. He needs to be comforted. If all these excuses are not enough, then I want to dedicate this book to the child who this grown-up once was. All grown-ups were children-first. (But few of them remember it.) So I correct my dedication:

TO LEON WERTH
WHEN HE WAS A LITTLE BOY

1

내가 여섯 살 때에 '대자연의 이야기'라는 제목의 원시림에 관한 책에서 기막힌 그림을 하나 본 적이 있다. 어떤 짐승을 집어삼키고 있는 보아구렁이 그림이었다. 위의 그림은 그것을 그대로 그린 것이다.

그 책에는 이렇게 씌어 있었다. '보아구렁이는 먹이를 씹지도 않고 송두리째 삼킨다. 그리고는 움직일 수 없게 되어 그것을 소화하느라고 반 년 동안이나 잠을 잔다.'

나는 밀림 속에서의 모험에 대해 곰곰이 생각해 본 뒤 색연필을 가지고 생전 처음 첫 번째 그림을 그려보았다. 나의 그림 제1호, 그것은 이런 그림이었다.

나는 내 걸작품을 어른들에게 보여 주면서 그 그림이 무섭지 않느냐고 물어보았다.

어른들은 "무서워? 왜 모자가 무섭단 말이니?" 하고 대답했다.

내 그림은 모자를 그린 것이 아니었다. 그것은 코끼리를 소화시키고 있는 보아구렁이였다. 하지만 어른들은 그것을 이해하지 못했기 때문에 보아구렁이의 속을 그렸다. 어른들은 항상 설명을 해주어야만 한다. 내 그림 제2호는 이러했다.

그러나 어른들은 이번에는 속이 보이든 보이지 않든, 보

아구렁이의 그림은 집어치우고 차라리 지리, 역사, 산수, 문법 등에 관심을 가져보라고 나에게 충고해 주었다. 이것이 내가 여섯 살 때에 화가라는 멋진 직업을 포기해 버린 이유이다. 내 그림 제1호와 제2호가 성공하지 못한 데에 실망해 버렸던 것이다. 어른들은 언제나 혼자서는 아무것도 이해하지 못한다. 항상 설명을 해주어야 하니 어린애들로서는 기운빠지는 노릇이 아닐 수 없다.

그래서 나는 다른 직업을 선택하지 않을 수 없게 되었고, 그래서 비행기 조종법을 배웠다. 나는 여기저기 거의 안 가본 데 없이 날아다녔다. 그러니 지리는 정말로 나에게 많은 도움을 준 셈이다. 나는 얼핏 보고도 중국과 아리조나를 구별할 줄 알았다. 이러한 지식은 밤에 길을 잃었을 때 매우 쓸모가 있다.

그리하여 나는 살아가면서 수없이 많은 성실한 사람들

과 매우 많은 교제를 했다. 어른들 틈에서 많이 살아온 것이다. 나는 그들을 아주 가까이에서 보았다. 그렇다고 해서 그들에 대한 내 생각이 나아진 것은 아니었다.

조금이라도 머리가 영리한 것처럼 보이는 사람을 만날 때마다 나는 항상 지니고 다니던 나의 그림 제 1호를 보여 주면서 그 사람을 시험해 보았다. 그 사람이 정말로 무엇을 이해할 줄 아는 사람인지 알고 싶었던 것이다. 그러나 항상 어른들은 "모자로군." 하고 대답하는 것이었다.

그러면 나는 보아구렁이니 원시림이니 별이니 하는 이야기는 꺼내지도 않았다. 그리고는 그가 알아들을 수 있도록 브릿지니 골프니 정치니 넥타이니 하는 것들에 대해 이야기했다. 그러면 어른들은 매우 사리 밝은 청년을 만나게 되었다며 대단히 기뻐했다.

I

Once when I was six years old I saw a magnificent picture in a book, called *True Stories from Nature*, about the primeval forest. It was a picture of a boa constrictor in the act of swallowing an animal. Here is a copy of the drawing.

In the book it said: "Boa constrictors swallow their prey whole, without chewing it. Afterward they are not able to move, and they sleep through the six months that they need for digestion."

I pondered deeply, then, over the adventures of the jungle. And after some work with a colored pencil I succeeded in making my first drawing. My Drawing Number One looked like this:

I showed my masterpiece to the grown-ups, and

asked them whether the drawing frightened them.

But they answered: "Frighten? Why should any one be frightened by a hat?"

My drawing was not a picture of a hat. It was a picture of a boa constrictor digesting an elephant. But since the grown-ups were not able to understand it, I made another drawing: I drew the inside of the boa constrictor, so that the grown-ups could see it clearly. They always need to have things explained. My Drawing Number Two looked like this:

The grown-ups advised me to put away my drawings of boa constrictors, outside or inside, and apply myself instead to geography, history, arithmetic, and grammar. That is why I abandoned, at the age of six, a magnificent career as an artist. I had been discouraged by the failure of my drawing Number One and of my drawing Number Two. Grown-ups never understand anything by themselves, and it is exhausting for children to have to provide explanations over and over again.

So then I had to choose another career, and I learned to pilot airplanes. I have flown almost everywhere in the world. And, as a matter of fact, geography has been a big help to me. I could tell China from Arizona at first glance, which is very useful if you get lost during the night.

So I have had, in the course of my life, lots of encounters with lots of serious people. I have spent lots of time with grown-ups. I have seen them at close range…which hasn't much improved my opinion of them. Whenever I encountered a grown-up who seemed to me at all enlightened, I would experiment on him with my drawing Number One, which I have always kept. I wanted to see if he really understood anything. But he would always answer, "That's a hat." Then I wouldn't talk about boa constrictors or jungles or stars. I would put myself on his level and talk about bridge and golf and politics and neckties. And my grown-up was glad to know such a reasonable person.

2

 그래서 나는 6년 전에 사하라 사막에서 비행기가 고장이 났을 때까지 마음을 털어놓고 진실을 이야기할 수 있는 상대 하나 없이 혼자서 살아왔다. 그때 내 비행기의 엔진 어딘가가 부서져 버린 것이다. 수리공도 승객도 없었기 때문에 나는 혼자서 어려운 수선을 시도해 보려고 했다. 그것은 나로서는 죽느냐 사느냐 하는 문제였다. 마실 물이 일주일 분밖에 남아 있지 않았다.

 첫날 밤 나는 사람 사는 곳에서 수천 마일 떨어진 사막에서 잠이 들었다. 나는 망망대해의 한복판에 떠 있는 뗏목 위의 표류자보다 더 고립되어 있었다. 그러니 아침녘에 야릇한 꼬마 목소리가 나를 깨웠을 때, 내가 얼마나 놀랐겠는지 여러분은 상상할 수 있을 것이다. 그 목소리는 이렇게 말했다.

 "양 한 마리만 그려 줘! 할 수 있으면……."

"뭐라구?"

"양 한 마리만 그려달라니까!"

나는 벼락맞은 것처럼 벌떡 일어섰다. 나는 눈을 마구 비비며 바라보았다. 사방을 이리저리 둘러보았다. 정말로 이상하게 생긴 꼬마 사내아이가 나를 심각한 표정으로 바라보고 있었다. 여기 있는 그림은 훨씬 후에 내가 그 꼬마를 그린 그림 중에서 가장 잘 된 초상화이다.

물론 나의 그림은 실물보다는 훨씬 멋이 없다.

그러나 그것은 내 잘못이 아니다. 내가 여섯 살 때 어른들 때문에 화가가 되기를 포기했고 속이 보이지 않든 보이든 보아구렁이 이외에는 아무것도 그리는 연습을 하지 않았으니 말이다.

어쨌든 나는 그의 느닷없는 출현에 놀라 눈을 동그랗게 뜨고서 그를 쳐다보았다. 내가 사람 사는 곳에서 수천 마일 떨어진 사막에서 사고를 당했다는 사실을 여러분은 잊지 말아 주길 바란다. 그런데 그 꼬마는 길을 잃은 것 같지도 않았고, 피곤과 배고픔과 목마름과 두려움에 시달리는 것 같지도 않았다. 사람 사는 곳에서 수천 마일이나 떨어진 사막 한복판에서 길을 잃은 꼬마 같은 구석이라고는 어디에도 없었다. 가까스로 입을 열고 내가 말을 걸었다.

여기 있는 그림은 훨씬 후에 내가 그를 그린 그림 중에서 가장 잘 된 초상화이다.

Here is the best portrait I managed to make of him, later on.

"그런데…… 도대체 여기서 뭘 하는 거니?"

그러자 꼬마는 아주 심각한 일이나 되는 듯 아주 천천히 되풀이해서 말했다.

"부탁이야…… 양 한 마리만 그려 줘……."

너무나 신비스러운 일을 당하게 되면 감히 거절할 수가 없는 법이다. 사람 사는 곳으로부터 수천 마일 떨어진 곳에서 죽음의 위험을 겪고 있는 중에 참으로 엉뚱한 짓이라고 생각되기는 했으나 나는 주머니에서 종이 한 장과 만년필을 꺼냈다. 그러자 내가 힘들여 배운 것은 지리, 역사, 산수, 문법 등이라는 생각이 떠올라 그 꼬마에게 나는 그림을 못그린다고(조금 기분이 나빠져서) 말했다. 그 꼬마가 대답했다.

"괜찮아, 양 한 마리만 그려 줘."

양은 한 번도 그려 본 적이 없었으므로 나는 꼬마를 위해 내가 그릴 줄 아는 단 두 가지 그림 중의 하나를 다시 그려 주었다. 속이 보이지 않는 보아구렁이 그림이었다. 나는 그 어린 친구의 대답을 듣고 깜짝 놀랐다. 그 어린 소년은 "아냐, 아냐, 싫어! 보아구렁이 속의 코끼리는 싫어. 보아구렁이는 아주 위험해. 그리고 코끼리는 너무 거추장스럽고, 내가 사는 곳에는 무엇이든 아주 작거든. 나에게는 양이 필요해. 양을 그려 줘."라고 말하는 것이었다.

그래서 나는 양을 그렸다.

그 꼬마는 자세히 들여다보더니, "아니야! 그 양은 벌써 병이 들었는 걸." 하고 말했다.

"다시 하나 그려 줘."

그래서 나는 다시 그림을 그렸다.

내 친구는 관대한 모습으로 상냥하게 미소를 지었다.

"이것 봐……. 이건 양이 아니라 염소잖아. 뿔이 난 걸 보니까."

그래서 나는 또다시 그렸다.

그러나 그것도 전 그림과 마찬가지로 거절을 당했다.

"이건 너무 늙었는 걸. 난 오래 살 수 있는 양을 갖고 싶어."

나는 고장난 모터 분해를 서둘러야 했다. 그래서 이러한 그림을 끄적거려 놓고는 이렇게 설명했다.

"이건 양의 상자야. 네가 원하는 양은 바로 그 안에 있어."

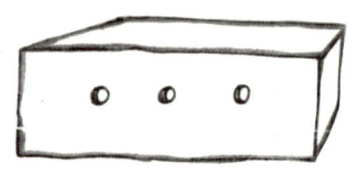

 그러나 나의 어린 심판관의 얼굴이 밝아지는 것을 보고 나는 정말 놀라지 않을 수 없었다.
 "이게 바로 내가 원하던 거야! 이 양은 풀을 많이 주어야 할까?"
 "왜 그런 걸 묻니?"
 "내가 사는 곳은 아주 적거든……."
 "거기 있는 걸로 아마 충분할 거다. 네게 아주 조그만 양을 준 거니까."
 그는 고개를 숙이고 그림을 보았다.
 "그렇게 작지도 않은 걸, 어머나! 양이 잠을 자고 있네……."
 이렇게 해서 나는 그 어린왕자를 알게 되었다.

II

So I lived all alone, without anyone I could really talk to, until I had to make a crash landing in the Sahara Desert six years ago. Something in my plane's engine was broken, and since I had neither a mechanic nor passengers in the plane with me, I was preparing to undertake the difficult repair job by myself. For me it was a matter of life or death: I had drinking water only enough for eight days.

The first night, then, I went to sleep on the sand a thousand miles from any inhabited country. I was more isolated than a man shipwrecked on a raft in the middle of the ocean. So you can imagine my surprise when I was awakened at daybreak by a funny little voice saying, "Please··· draw me a sheep···"

"What?"

"Draw me a sheep…"

I leaped up as if I had been struck by lightning. I rubbed my eyes hard. I stared. And I saw an extraordinary little fellow staring back at me very seriously. Here is the best portrait I managed to make of him, later on. But of course my drawing is much less attractive than my model. It is not my fault. My career as a painter was discouraged at the age of six by the grown-ups, and I had never learned to draw anything except boa constrictors, outside and inside.

So I stared wide-eyed at this apparition. Don't forget that I was a thousand miles from any inhabited territory. Yet this little fellow seemed to be neither lost nor dying of exhaustion, hunger, or thirst; nor did he seem scared to death. There was nothing in his appearance that suggested a child lost in the middle of the desert a thousand miles from any inhabited territory. When I finally managed to speak, I asked him, "But… what are you doing here?"

And then he repeated, very slowly and very seriously, "Please··· draw me a sheep···"

In the face of an overpowering mystery, you don't dare to disobey. Absurd as it seemed, a thousand miles from all inhabited regions and in danger of death, I took a scrap of paper and a pen out of my pocket. But then I remembered that I had mostly studied geography, history, arithmetic, and grammar, and I told the little fellow (rather crossly) that I didn't know how to draw.

He replied, "That doesn't matter. Draw me a sheep."

Since I had never drawn a sheep, I made him one of the only two drawings I knew how to make—the one of the boa constrictor from outside. And I was astounded to hear the little fellow answer:

"No! No! I don't want an elephant inside a boa constrictor. A boa constrictor is very dangerous, and an elephant would get in the way. Where I live, everything is very small. I need a sheep. Draw me a sheep."

So then I made a drawing.

He looked at it carefully, and then said, "No. This one is already quite sick. Make another."

I made another drawing. My friend gave me a kind, indulgent smile:

"You can see for yourself··· that's not a sheep, it's a ram. It has horns···"

So I made my third drawing, but it was rejected, like the others:

"This one's too old. I want a sheep that will live a long time."

So then, impatiently, since I was in a hurry to start work on my engine, I scribbled this drawing, and added, "This is just the crate. The sheep you want is inside."

But I was amazed to see my young critic's face light up. "That's just the kind I wanted! Do you think this sheep will need a lot of grass?"

"Why?"

"Because where I live, everything is very small⋯"

"There's sure to be enough. I've given you a very small sheep."

He bent over the drawing. "Not so small as all that⋯ Look! He's gone to sleep⋯"

And that's how I made the acquaintance of the little prince.

3

 그가 어디서 왔는지를 아는 데는 꽤 오랜 시일이 걸렸다. 어린왕자는 나에게 많은 것에 대해 물어보았으나 내 질문은 들은 척도 하지 않는 것 같았다. 나는 그가 우연히 한 말을 통해 차츰차츰 모든 것을 알게 되었다. 가령, 처음으로 내 비행기를 보았을 때(내 비행기는 그리지 않겠다. 나에게는 너무나 복잡한 그림이므로) 그는 나에게 이렇게 물었다.

 "이 물건은 도대체 뭐야?"

 "그건 물건이 아니야. 그건 날아다니는 거야. 비행기지, 내 비행기야."

 나는 내가 날아다닌다는 것을 그에게 가르

쳐 준 것이 자랑스러웠다. 그랬더니 그는 소리쳤다.

"뭐라구! 아저씨가 하늘에서 떨어졌다고?"

"그래."

나는 겸손하게 대답했다.

"야! 그것 참 우습다……."

그러고는 어린왕자가 유쾌하게 까르르 웃어대는 바람에 나는 대단히 화가 났다. 나는 그가 나의 불행을 진지하게 생각해 주기를 바랐던 것이다.

"그럼 아저씨도 하늘에서 온 거잖아! 어느 별에서 왔어?"

그때 나는 문득 그의 존재의 신비로움을 이해하는 데 한 줄기 서광이 비침을 깨닫고 갑자기 물었다.

"그럼 넌 다른 별에서 왔니?"

그러나 그는 대답을 하지 않고 고개를 가볍게 젖혀 내 비행기를 바라보며 말했다.

"저걸 타고서는 멀리서 오지는 못했겠군……."

그리고는 한참 동안 무엇인가 곰곰이 생각에 잠기더니 주머니에서 내가 그려준 양 그림을 꺼내서는 마치 보물을 대하듯 열심히 들여다보았다.

'다른 별들'이라는, 그가 살짝 내비친 비밀에 대해 내가 호기심으로 얼마나 몸이 달았겠는가를 상상해 보라.

"꼬마야, 넌 어디서 왔니? 네가 말한 '내가 사는 곳'이란 어디를 말하는 거니? 내 양을 어디로 데려갈 거니?"

그는 말 없이 생각에 잠기더니 대답했다.

"아저씨가 준 이 상자를 밤에는 집으로 쓸 수 있을 테니까 잘 됐어."

"물론이지. 그리고 네가 말을 잘 들으면 낮에 양을 묶어 놓을 수 있는 고삐를 줄게. 말뚝도 주고."

그 말은 어린왕자의 마음을 상하게 한 듯했다.

"묶어 놓다니! 참 이상한 생각이네!"

"묶어 놓지 않으면 아무 데나 가버려서 길을 잃을 수도 있거든."

그러나 내 친구는 다시 웃음을 터뜨렸다.

"가긴 어디로 가?"

"어디든지. 곧장 앞으로……."

그랬더니 어린왕자는 진지한 표정으로 말했다.

"괜찮아. 내가 사는 곳은 모든 게 아주 작으니까!"

그리고는 약간 슬픈 목소리로 다시 덧붙였다.

"곧장 앞으로 가 봐야 멀리 갈 수도 없는 걸."

III

It took me a long time to understand where he came from. The little prince, who asked me so many questions, never seemed to hear the ones I asked him. It was things he said quite at random that, bit by bit, explained everything. For instance, when he first caught sight of my airplane (I won't draw my airplane; that would be much too complicated for me) he asked:

"What's that thing over there?"

"It's not a thing. It flies. It's an airplane. My airplane."

And I was proud to tell him I could fly. Then he exclaimed:

"What! You fell out of the sky?"

"Yes," I said modestly.

"Oh! That's funny···" And the little prince broke into a lovely peal of laughter, which annoyed me a good deal. I like my misfortunes to be taken seriously. Then he added, "So you fell out of the sky, too. What planet are you from?"

That was when I had the first clue to the mystery of his presence, and I questioned him sharply. "Do you come from another planet?"

But he made no answer. He shook his head a little, still staring at my airplane. "Of course, *that* couldn't have brought you from very far···" And he fell into a reverie that lasted a long while. Then, taking my sheep out of his pocket, he plunged into contemplation of his treasure.

You can imagine how intrigued I was by this hint about "other planets." I tried to learn more: "Where do you come from, little fellow? Where is this 'Where I live' of yours? Where will you be taking my sheep?"

After a thoughtful silence he answered, "The good thing about the crate you've given me is that he can use it for a house after dark."

"Of course. And if you're good, I'll give you a rope to tie him up during the day. And a stake to tie him to."

This proposition seemed to shock the little prince.

"Tie him up? What a funny idea!"

"But if you don't tie him up, he'll wander off somewhere and get lost."

My friend burst out laughing again. "Where could he go?"

"Anywhere. Straight ahead···"

Then the little prince remarked quite seriously, "Even if he did, everything's so small where I live!" And he added, perhaps a little sadly, "Straight ahead, you can't go very far."

소행성 B-612호 위의 어린왕자
The little Prince on Asteroid B-612.

4

나는 이렇게 해서
매우 중요한 두 번째
사실을 알게 되었다.
그것은 그가 사는 별이
집 한 채보다 클까말까 하다는 것이었다!

그러나 그것 때문에 나는 크게 놀라
지는 않았다. 지구, 목성, 화성, 금성같이
사람들이 이름을 붙여 놓은 커다란 떠돌이 별
들 말고도 수많은 별들이 있는데, 어떤 것들은
너무 작아서 망원경으로도 잡을 수 없다는 것을 나는 잘
알고 있었다. 천문학자가 그런 별을 하나 발견하면 이름
대신에 번호를 붙인다. 이를테면 '소행성 325' 라는 식으
로 부르는 것이다.

나는 어린왕자가 살던 별이 소행성 B-612호라고 믿을

만한 상당한 이유를 갖고 있다.

그 소행성은 딱 한 번, 1909년에 터키 천문학자에 의해 망원경에 포착된 적이 있었다. 그때 그는 국제 천문학회에서 자신이 발견한 것에 대해 훌륭한 증명을 해보였었다. 그러나 그는 터키 고유 의상을 입고 있었기 때문에 아무도 그의 말을 믿지 않았었다. 어른들이란 모두 이런 식이다.

터키의 한 독재자가 국민들에게 양복을 입지 않으면 사형에 처한다는 법을 만든 것은 소행성 B-612호의 명예를 위해서는 다행스러운 일이었다. 그 천문학자는 1920년에 아주 우아한 옷을 입고 다시 증명을 했다. 그러자 이번에는 모두 그의 말을 믿었다.

내가 소행성 B-612호에 대해 이렇게 자세히 이야기하고 그 번호까지 일러주는 것은 어른들 때문이다. 어른들은 숫자를 좋아한다. 어른들에게 새로 사귄 친구에 대해 말할 때 그들은 가장 본질적인 것에 대해 물어보지 않는다.

"그 애 목소리는 어떠니? 그 애는 어떤 놀이를 좋아하니? 나비를 수집하지는 않니?" 같은 말을 그들은 결코 하는 법이 없다. 그 대신 그들은 "그 애는 몇 살이니? 형제는 몇이니? 몸무게는? 그 애 아버지의 수입은 얼마니?" 따위만 묻는다. 그런 숫자를 통해서야 그들은 그 애에 대해서 속속들이 알게 되었다고 생각하는 것이다.

만약 어른들에게 "창문에는 제라늄 화분이 놓여 있고 지붕에는 비둘기가 있는, 분홍빛 벽돌로 지은 예쁜 집을 보았어요."라고 말하면 어른들은 그 집이 어떤 집인가를 상상하지 못할 것이다. 그들에게는 "2만 달러짜리 집을 보았어요."라고 말해야만 한다. 그러면 그들은 "야, 참 좋은 집이구나!"라고 소리를 지른다.

그래서, "어린왕자가 멋있었고, 웃었고, 양을 한 마리 갖고 싶어했다는 것이 그가 이 세상에 있었다는 증거야. 어떤 사람이 양을 갖고 싶어한다면 그건 그가 세상에 있다는 증거야."라고 말한다면, 어른들은 어깨를 으쓱 하고는 여러분을 어린애 취급할 것이다. 그러나 여러분이 "그가 살고 있던 별은 소행성 B-612호야."라고 말하면 그들은 알아듣고는 더 이상 질문을 해대며 귀찮게 굴지 않을 것이다.

어른들은 다 그 모양인 것이다. 그들을 나쁘게 생각해서는 안 된다. 어린이들은 어른들에게 항상 너그러워야 한다.

그러나 인생을 이해하는 우리들은 숫자 같은 것은 아랑곳하지 않는다. 나는 이 이야기를 동화와 같은 식으로 시작하고 싶었다. "옛날에 저보다 좀더 클까말까 한 별에서 살고 있는 어린왕자가 있었는데 그는 친구가 필요했습니다……."라고 말하고 싶었다.

인생을 이해하는 사람들에게는 그게 훨씬 진실하게 보였을 것이다.

왜냐하면 사람들이 이 책을 아무렇게나 읽는 것을 나는 바라지 않기 때문이다. 이 추억을 이야기하면서 나는 깊은 슬픔을 느낀다. 내 친구가 그의 양을 가지고 떠나 버린 지도 벌써 여섯 해가 된다. 여기에 그를 묘사하려고 하는 것은 그를 잊지 않기 위해서이다. 한 사람의 친구를 잊는다는 것은 슬픈 일이다. 누구나 다 옛날에 친구를 가져보는 것은 아니다. 그를 잊는다면 나도 숫자 밖에는 관심이 없는 어른들처럼 될지도 모른다. 내가 그림물감 한 상자와

연필을 산 것도 이런 까닭에서였다.

   여섯 살 때에 속이 보이는 보아구렁이와 속이 보이지 않는 보아구렁이 이외에는 그려 본 적이 없는 내가, 이 나이에 그림을 다시 시작한다는 것은 정말 힘든 노릇이다. 물론 가능한 한 실물에 가까운 초상화를 그려 보도록 애를 쓰겠다. 그러나 꼭 성공할지 정말 자신이 없다. 어떤 그림은 괜찮은데 어떤 그림은 닮지를 않았다. 키도 조금씩 틀린다. 여기서는 어린왕자가 너무 크고 저기서는 너무 작다. 나는 그의 옷 색깔에 대해서도 자신이 없다. 그래서 나는 이렇게 저렇게 더듬더듬 그려본다.

   보다 중요한 어떤 부분들을 잘못 그릴지도 모른다. 그러나 그것은 용서해 주어야 하겠다. 내 친구는 설명을 해주는 법이 없었다. 내가 자기와 비슷하다고 생각했는지도 모르겠다. 그러나 불행하게도 나는 상자 속에 들어 있는 양을 볼 줄 모른다. 나도 약간은 어른들과 비슷한지도 모를 일이다. 나도 나이가 들 수밖에 없으니까.

IV

That was how I had learned a second very important thing, which was that the planet he came from was hardly bigger than a house!

That couldn't surprise me much. I knew very well that except for the huge planets like Earth, Jupiter, Mars, and Venus, which have been given names, there are hundreds of others that are sometimes so small that it's very difficult to see them through a telescope. When an astronomer discovers one of them, he gives it a number instead of a name. For instance, he would call it "Asteroid 325."

I have serious reasons to believe that the planet the little prince came from is Asteroid B-612. This asteroid has been sighted only once by telescope, in

1909 by a Turkish astronomer, who had then made a formal demonstration of his discovery at an International Astronomical Congress. But no one had believed him on account of the way he was dressed. Grown-ups are like that.

Fortunately for the reputation of Asteroid B-612, a Turkish dictator ordered his people, on pain of death, to wear European clothes. The astronomer repeated his demonstration in 1920, wearing a very elegant suit. And this time everyone believed him.

If I've told you these details about Asteroid B-612 and if I've given you its number, it is on account of the grown-ups. Grown-ups like numbers. When you tell them about a new friend, they never ask questions about what really matters. They never ask: "What does his voice sound like?" "What games does he like best?" "Does he collect butterflies?" They ask: "How old is he?" "How many brothers does he have?" "How much does he weigh?" "How much money does his father make?" Only then do they think they know him. If you tell grown-ups, "I saw a beautiful red brick house, with geraniums at the windows and doves on the roof…," they won't be able to imagine such a house. You have to tell them, "I saw a house worth a hundred thousand francs." Then they exclaim, "What a pretty house!"

So if you tell them: "The proof of the little prince's existence is that he was delightful, that he laughed, and that he wanted a sheep. When someone wants a sheep, that proves he exists," they shrug their shoulders and treat you like a child! But if you tell them, "The planet he came from is Asteroid B-612," then they'll be convinced, and they won't bother you with their questions. That's the way they are. You must not hold it against them. Children should be very understanding of grown-ups.

But, of course, those of us who understand life couldn't care less about numbers! I should have liked to begin this story like a fairy tale. I should have liked to say:

"Once upon a time there was a little prince who lived on a planet hardly any bigger than he was, and who needed a friend⋯" For those who understand life, that would sound much truer.

The fact is, I don't want my book to be taken lightly. Telling these memories is so painful for me. It's already been six years since my friend went away, taking his sheep with him. If I try to describe him here, it's so that I won't forget him. It's sad to forget a friend. Not everyone has had a friend. And I might become like the grown-ups who are no longer interested in anything but numbers, which is still another reason why I've bought a box of paints and some pencils. It's hard to go back to drawing, at my age, when you've never made any attempts since the one of a boa from inside and the one of a boa from outside, at the age of six! I'll certainly try to make my portraits as true to life as possible But I'm not entirely sure of succeeding. One drawing works, and the next no longer bears any resemblance. And I'm a little off on his height, too. In this one the little prince is too tall. And here he's too short. And I'm uncertain about the color of his suit. So I grope in one direction and another, as best I can. In the end, I'm sure to get certain more important details all wrong. But here you'll have to forgive me. My friend never explained anything. Perhaps he thought I was like himself. But I, unfortunately, cannot see a sheep through the sides of a crate. I may be a little like the grown-ups. I must have grown old.

5

하루하루가 지나면서 나는 어린왕자와의 대화에서 그의 별과 그가 별에서 떠나온 것, 그리고 그의 여행에 대해 조금씩 알게 되었다. 어린왕자가 무의식 중에 하는 말들을 통해 서서히 그렇게 된 것이다. 사흘째 되던 날 바오밥나무에 대한 비극을 알게 된 것도 그렇게 해서였다.

이번에도 역시 양의 덕택이었다. 갑자기 어린왕자가 대단한 의문이라도 생긴 듯 느닷없이 물었다.

"양이 작은 나무를 먹는다는 게 정말이지?"

"그래, 정말이야."

"아! 그럼 잘됐다!"

양이 작은 나무를 먹는다는 것이 왜 그렇게 중요한지 나는 알 수가 없었다.

그러나 어린왕자가 덧붙였다.

"그럼 바오밥나무도 먹겠네?"

나는 어린왕자에게 바오밥나무란 작은 나무가 아니라 성만큼이나 커다란 나무라는 것과 한 떼의 코끼리를 몰고 간다 해도 바오밥나무 한 그루를 해치우지 못할 것이라고 일러 주었다.

한 떼의 코끼리라는 말이 어린왕자를 웃게 만들었다.

"코끼리를 포개 놓아야겠네……."

그런데 그가 총명하게도 이렇게 말했다.

"바오밥나무도 커다랗게 자라기 전에는 조그만 나무지?"

"물론이지! 하지만 양이 왜 바오밥나무를 먹어야 된다는 거니?"

어린왕자는 물어볼 것도 없는 것을 물어본다는 듯 나에게 "아이 참!" 하고 대꾸했다. 그래서 나는 혼자서 그 문제를 푸느라고 여간 애를 먹은 게 아니었다.

어린왕자가 사는 별에도 다른 별들처럼 좋은 풀과 나쁜 풀이 있었다. 따라서 좋은 풀의 좋은 씨앗과 나쁜 풀의 나쁜 씨앗이 있었다. 그러나 씨앗들은 눈에 보이지 않는다. 그것들은 땅 속에서 몰래 자고 있다가 그중 하나가 갑작스럽게 잠에서 깨어날 생각을 하게 된다. 그러면 그것은 기지개를 켜고 아무런 해가 없는 매력적인 싹을 태양을 향해 쏘옥 내민다. 그러나 무우나 장미의 싹이라면 마음껏 자라도록 두어야 된다.

 그러나 나쁜 풀일 경우에는 눈에 뜨이는 대로 뽑아 버려야 한다. 그런데 어린왕자의 별에는 무서운 씨앗들이 있었다. 그것은 바오밥나무의 씨앗이었다. 그 별의 땅에는 바오밥나무 씨앗 투성이었다. 그런데 바오밥나무를 자칫 늦

게 손을 대면 어쩔 도리가 없게 된다. 그것은 별 전체를 온통 휩싸 버리고 뿌리로 별에 구멍을 뚫는다. 그래서 별이 너무 작은데 바오밥나무가 너무 많으면 별이 산산조각나 버리게 된다.

훗날 어린왕자가 말했다.

"그건 규율의 문제야. 아침에 몸단장을 마치면 조심스럽게 별의 몸단장을 해주어야 해. 규칙적으로 신경을 써서 장미와 구별할 수 있게 되면 바오밥나무를 뽑아 버려야 하거든. 바오밥나무가 어렸을 때에는 장미와 너무도 비슷하니까 그건 아주 귀찮은 일이지만 매우 쉬운 일이기도 해."

그러고는 어느 날 우리 땅에 살고 있는 어린이들 머릿속에 이것을 꼭 집어넣어 줄 수 있게, 예쁜 그림을 하나 그려보라고 했다.

"그들이 언젠가 여행할 때 이것이 도움이 될 거야. 할 일을 뒤로 미루는 것이 때로는 괜찮을 수도 있지만 바오밥나무의 경우에는 그렇게 하면 큰 재난이 따르는 법이야. 난 게으름뱅이가 살고 있는 어느 별을 아는데, 그 게으름뱅이는 작은 나무를 세 그루나 그냥 내버려 두었었지……."

그래서 어린왕자의 지시에 따라 나는 그 별을 그렸다. 나는 성인군자와 같은 말투로 말하기는 싫다. 그러나 바오밥나무의 위험이 너무나 알려져 있지 않고 소행성에서 길을 잃고 헤맬 사람이 겪을 위험은 너무도 크기 때문에, 이번만은 나의 체면을 차리지 않고 이렇게 말하려고 한다.

"어린이들아! 바오밥나무를 조심하라!"

내가 이 그림을 그토록 애를 써서 그린 것은 내 친구들에게 경각심을 불러일으키기 위해서이다. 그들은 나와 마찬가지로 오래 전부터 자신들도 모르는 사이에 이 위험에 둘러싸여 있었다. 이 그림을 통해 내가 전하는 교훈은 이 그림을 그리느라 애쓸 만한 가치가 있다는 것이다.

아마도 여러분은 물을 것이다. 왜 이 책에는 바오밥나무 그림처럼 장엄한 그림이 없는가라고. 대답은 아주 간단하다. 다른 그림들도 그렇게 그리려고 애써 보았지만 성공하지 못한 것이다.

바오밥나무를 그릴 때에는 긴급한 필요성에서 나온 영감에 내 능력 이상을 발휘했던 것이다.

바오밥나무들
The Baobabs

V

Every day I'd learn something about the little prince's planet, about his departure, about his journey. It would come quite gradually, in the course of his remarks. This was how I learned, on the third day, about the drama of the baobabs.

This time, too, I had the sheep to thank, for suddenly the little prince asked me a question, as if overcome by a grave doubt.

"Isn't it true that sheep eat bushes?"

"Yes, that's right."

"Ah! I'm glad."

I didn't understand why it was so important that sheep should eat bushes. But the little prince added:

"And therefore they eat baobabs, too?"

I pointed out to the little prince that baobabs are not bushes but trees as tall as churches, and that even if he took a whole herd of elephants back to his planet, that herd couldn't finish off a single baobab.

The idea of the herd of elephants made the little prince laugh.

"We'd have to pile them on top of one another."

But he observed perceptively:

"Before they grow big, baobabs start out by being little."

"True enough! But why do you want your sheep to eat little baobabs?"

He answered, "Oh, come on! You know!" as if we were talking about something quite obvious. And I was forced to make a great mental effort to understand this problem all by myself.

And, in fact, on the little prince's planet there were —as on all planets—good plants and bad plants. The good plants come from good seeds, and the bad plants from bad seeds. But the seeds are invisible.

They sleep in the secrecy of the ground until one of them decides to wake up. Then it stretches and begins to sprout, quite timidly at first, a charming, harmless little twig reaching toward the sun. If it's a radish seed, or a rosebush seed, you can let it sprout all it likes. But if it's the seed of a bad plant, you must pull the plant up right away, as soon as you can recognize it. As it happens, there were terrible seeds on the little prince's planet⋯ baobab seeds. The planet's soil was infested with them. Now if you attend to a baobab too late, you can never get rid of it again. It overgrows the whole planet. Its roots pierce right through. And if the planet is too small, and if there are too many baobabs, they make it burst into pieces.

"It's a question of discipline," the little prince told me later on. "When you've finished washing and dressing each morning, you must tend your planet. You must be sure you pull up the baobabs regularly, as soon as you can tell them apart from the rosebushes, which they closely resemble when they're very young. It's very tedious work, but very easy.

And one day he advised me to do my best to make a beautiful drawing for the edification of the children where I live. "If they travel someday." he told me, "it could be useful to them. Sometimes there's no harm in postponing your work until later. But with baobabs, it's always a catastrophe. I knew one planet that was inhabited by a lazy man. He had neglected three bushes···"

So, following the little prince's instructions, I have drawn that planet. I don't much like assuming the tone of a moralist. But the danger of baobabs is so little recognized, and the risks run by anyone who might get lost on an asteroid are so considerable, that for once I am making an exception to my habitual reserve. I say, "Children, watch out for baobabs!" It's to warn my friends of a danger of which they, like myself, have long been unaware that I worked so hard on this drawing. The lesson I'm teaching is worth the trouble. You may be asking, "Why are there no other drawings in this book as big as the drawing of the baobabs?" There's a simple answer: I tried but I couldn't manage it. When I drew the baobabs, I was inspired by a sense of urgency.

6

아! 어린왕자여!

이렇게 해서 나는 너의 슬픈 생활을 조금씩 조금씩 알게 되었다. 너에게는 오랫동안 심심풀이라고는 해지는 광경을 바라보는 것밖에 없었지. 나는 그 새로운 사실을 나흘째 되는 날 아침에 알아차렸지. 그때 넌 이렇게 말했어.

"난 해질 무렵이 좋아. 해지는 걸 보러 가……."

"그렇지만 기다려야지."

"기다려? 무얼?"

"해가 질 때까지 기다려야지."

너는 처음에는 아주 놀란 듯한 표정을 지었으나 곧 자기 말이 우스운 듯 웃음을 터뜨렸지. 그리고는 나에게 말했지.

"아직도 우리집에 있는 것만 같거든!"

사실 그렇다. 누구나 알고 있듯이 미국에서 정오일 때 프랑스에서는 해가 진다. 해지는 광경을 보기 위해 프랑스

로 단숨에 달려갈 수만 있다면 가능하다. 그러나 불행하게도 프랑스는 너무 멀리 떨어진 곳에 있다. 그러나 너의 조그마한 별에서는 의자를 몇 발짝 뒤로 옮겨 놓기만 하면 되었지. 그래서 너는 네가 원할 때마다 석양을 바라볼 수 있었지…….

"어느 날 해지는 광경을 마흔네 번이나 보았어!"

그리고 조금 후 넌 덧붙여 말했어.

"아주 슬플 때에는 해지는 모습이 보고싶어……."

"그럼 네가 마흔네 번 본 날은 몹시 슬펐니?"

그러나 어린왕자는 대답이 없었다.

VI

O Little Prince! Gradually, this was how I came to understand your sad little life. For a long time your only entertainment was the pleasure of sunsets. I learned this new detail on the morning of the fourth day, when you told me:

"I really like sunsets. Let's go look at one now…"

"But we have to wait…"

"For what?"

"For the sun to set."

At first you seemed quite surprised, and then you laughed at yourself. And you said to me, "I think I'm still at home!"

Indeed. When it's noon in the United States, the sun, as everyone knows, is setting over France. If you could fly to France in one minute, you could watch the sunset. Unfortunately France is much too far. But on your tiny planet, all you had to do was move your chair a few feet. And you would watch the twilight whenever you wanted to⋯.

"One day I saw the sun set forty-four times!" And a little later you added, "You know, when you're feeling very sad, sunsets are wonderful⋯"

"On the day of the forty-four times, were you feeling very sad?"

But the little prince didn't answer.

7

 닷새째 되는 날, 언제나 그렇듯 양 덕분에 나는 어린왕자의 생활의 비밀을 한 가지 알게 되었다. 그는 오랫동안 말 없이 어떤 문제에 대해 깊이 생각한 결과인 듯, 갑자기 나에게 물었다.
 "양은 작은 나무를 먹잖아, 그러니까 꽃도 먹겠지?"
 "양은 보이는 것은 무엇이나 닥치는 대로 먹지."
 "가시가 있는 꽃도?"
 "그럼. 가시가 있는 꽃도 먹지."
 "그런데 가시는 무엇 때문에 있을까?"
 어린왕자는 일단 질문을 하면 결코 포기하는 적이 없었다. 나는 볼트 때문에 신경이 날카로워 있었으므로 아무렇게나 대답해 버렸다.
 "가시는 아무짝에도 쓸모없는 거야. 꽃들이 괜히 심술을 부리는 거지."

"저런!"

잠깐 동안 아무 말이 없다가 어린왕자는 원망스럽다는 듯 나에게 톡 쏘아붙였다.

"그렇지 않을 거야. 꽃들은 약하잖아, 순진하고. 꽃들은 있는 힘을 다해 자신을 지키는 거야. 가시가 무서운 무기가 되는 줄로 믿는 거야……."

나는 아무 말도 하지 않았다. 그때 나는 '이놈의 볼트가 계속 말썽이면 망치로 두들겨서 튀어나오게 해야지.' 하고 생각했다. 어린왕자가 다시 내 생각을 어지럽혔다.

"그럼 아저씨는 정말로 꽃들이……."

"아냐! 아니라구! 난 아무것도 믿지 않아. 난 생각나는 대로 대답했을 뿐이야. 보라구…… 난 지금 더 중요한 일 때문에 굉장히 바쁘단 말이야."

그는 어리둥절해져서 나를 쳐다보았다.

"중요한 일?"

그는, 기름 때문에 시커멓게 된 손에 망치를 들고 아주 추하게 보이는 물체 위로 몸을 기울이고 있는 나의 모습을 물끄러미 바라보

The Little Prince

았다.

"아저씨는 어른들처럼 말하고 있잖아!"

그 말에 나는 조금 부끄러워졌다. 그러나 인정사정 없이 그가 덧붙였다.

"아저씨는 모든 걸 엉망진창으로 만들어 버려…… 모든 걸 혼동하고 있어!"

그는 정말로 화가 나 있었다. 그의 금빛 머리칼이 바람에 휘날리고 있었다.

"내가 아는 어떤 별에는 시뻘건 얼굴의 신사가 살고 있어. 그는 꽃향기라고는 맡아본 적이 없어. 별을 바라본 적도 없고 누굴 사랑해 본 적도 없어. 그러고는 오로지 계산만 하면서 살아왔어. 하루 종일 아저씨처럼 '나는 중요한 일로 바쁘다!'라고 되풀이하고 있어. 그리고 그것 때문에 교만으로 가득 차 있어. 하지만 그는 사람이 아니야. 버섯이지!"

"뭐라고?"

"버섯이란 말야!"

어린왕자는 이제 화가 나서 얼굴이 하얗게 질려 있었다.

"수백만 년 전부터 꽃들은 가시를 만들고 있어. 양들이 꽃들을 먹는 것도 수백만 년 전부터야. 꽃들이 아무짝에도 쓸모없는 가시를 왜 그토록 애를 써서 만들어내는지 알려는 건 중요한 일이 아니라는 거지? 양과 꽃들의 전쟁은 중요한 게 아니란 말이야? 그건 시뻘건 신사의 계산보다 더 중요한 건 못된다는 거야? 그래서 이 세상 아무 데도 없고 오직 나의 별에만 있는 단 하나뿐인 꽃을 내가 알고, 작은 양이 어느 날 아침 무심코 그걸 먹어 버릴 수도 있다는 것은 중요하지 않단 말이지!"

어린왕자는 얼굴이 새빨개지면서 말을 계속했다.

"수백만 개의 별들 중에 단 하나밖에 없는 꽃을 사랑하고 있는 사람은 그 별을 바라보기만 해도 충분히 행복해질 거야. '내 꽃이 저 별 어딘가에 있겠지……' 하면서 말이야. 그런데 양이 그 꽃을 먹어 버린다면 그에게는 갑자기 모든 별들이 사라져 버리게 될 거야……. 그런데도 그게 중요하지 않다는 거지!"

그는 더이상 말을 잇지 못했다. 흐느낌이 그의 말문을 가로막았다. 밤이 내린 뒤였다. 나는 연장들을 내팽개쳤다. 망치도, 볼트도, 갈증도, 죽음도 모두가 우습게 생각되었다. 어떤 떠돌이 별 위에, 내가 사는 별, 이 지구 위에 내가 달래 주어야 할 어린왕자가 있는 게 아닌가! 나는 그를 두 팔로 껴안았다. 나는 그를 부드럽게 흔들면서 말했다.

The Little Prince

"네가 사랑하는 꽃은 위험하지 않아……. 너의 양에게 씌울 굴레를 하나 그려 줄께. 네 꽃 주위에 망을 그려 줄께. 그리고."

나는 더 이상 무슨 소리를 해야 할지 알 수 없었다. 내 자신이 무척 서투르게 느껴졌다. 어떻게 그를 감동시키고 어떻게 그의 마음을 붙잡을 수 있을지 도무지 알 수 없었다.

눈물의 나라는 그처럼 신비로운 것이다.

VII

On the fifth day, thanks again to the sheep, another secret of the little prince's life was revealed to me. Abruptly, with no preamble, he asked me, as if it were the fruit of a problem long pondered in silence:

"If a sheep eats bushes, does it eat flowers, too?"

"A sheep eats whatever it finds."

"Even flowers that have thorns?"

"Yes. Even flowers that have thorns."

"Then what good are thorns?"

I didn't know. At that moment I was very busy trying to unscrew a bolt that had got jammed in my engine. I was quite worried, for my plane crash was beginning to seem extremely serious, and the lack of drinking water made me fear the worst.

"What good are thorns?"

The little prince never let go of a question once he had asked it. I was annoyed by my jammed bolt, and I answered without thinking.

"Thorns are no good for anything—they're just the flower's way of being mean!"

"Oh!" But after a silence, he lashed out at me, with a sort of bitterness. "I don't believe you! Flowers are weak. They're naive. They reassure themselves whatever way they can. They believe their thorns make them frightening···"

I made no answer. At that moment I was thinking, *If this bolt stays jammed, I'll knock it off with the hammer.* Again the little prince disturbed my reflections.

"Then you think flowers···"

"No, not at all. I don't think anything! I just said whatever came into my head. I'm busy here with something serious!"

He stared at me, astounded.

"'Something serious'!"

He saw me holding my hammer, my fingers black with grease, bending over an object he regarded as very ugly.

"You talk like the grown-ups!"

That made me a little ashamed. But he added, mercilessly:

"You confuse everything… You've got it all mixed up!" He was really very annoyed. He tossed his golden curls in the wind. "I know a planet inhabited by a red-faced gentleman. He's never smelled a flower. He's never looked at a star. He's never loved anyone. He's never done anything except add up numbers. And all day long he says over and over, just like you, 'I'm a serious man! I'm a serious man!' And that puffs him up with pride. But he's not a man at all—he's a mushroom!"

"He's a what?"

"A mushroom!" The little prince was now quite pale with rage. "For millions of years flowers have been producing thorns. For millions of years sheep have been eating them all the same. And it's not serious trying to understand why flowers go to such trouble to produce thorns that are good for nothing? It's not important the war between the sheep and the flowers? It's no more serious and more important than the numbers that fat red gentleman is adding up? Suppose I happen to know a unique flower, one that exists nowhere in the world except on my planet, one that a little sheep can wipe out in a single bite one morning, just like that, without even realizing what he's doing—that isn't important?" His face turned red now, and he went on. "If someone loves a flower of which just one example exists among all the millions and millions of stars, thats's enough to make him happy when he looks at the stars. He tells himself, 'My flower's up there somewhere⋯' But if the sheep eats the flower, then for him it's as if, suddenly, all the stars went out. And that isn't important?"

He couldn't say another word. All of a sudden he burst out sobbing. Night had fallen. I dropped my tools. How could I care about my hammer, about my bolt, about thirst and death? There was, on one star, on one planet, on mine, the Earth, a little prince to be consoled! I took him in my arms. I rocked him. I told him, "The flower you love is not in danger··· I'll draw you a muzzle for your sheep··· I'll draw you a fence for your flower··· I ···" I didn't know what to say. How clumsy I felt! I didn't know how to reach him, where to find him··· It's so mysterious, the land of tears.

8

 나는 곧 그 꽃에 대해 더 많은 것을 알게 되었다. 어린왕자의 별에는 꽃들이 아주 소박했다. 꽃잎도 한 겹뿐이라 그것들은 자리를 거의 차지하지 않았고 아무도 괴롭히지 않았다. 그들은 어느 날 아침 풀 속에 나타났다가는 저녁이면 살며시 사라져 버리곤 했다. 그런데 어느 날 어디서 날아왔는지 알 수 없는 씨앗으로부터 꽃의 싹이 텄다. 그래서 어린왕자는 다른 싹들과 닮지 않은 그 싹을 주의깊게 관찰했다. 새로운 종류의 바오밥나무인지도 몰랐다.

 그러나 그 어린 나무가 성장을 멈추고 꽃을 피울 준비를 했다. 커다란 꽃봉오리가 맺히는 것을 지켜보던 어린왕자는 거기에서 어떤 기적 같은 것이 나타나리라 생각했다. 그러나 꽃은 계속해서

연초록색 방 속에 숨어 아름다워지기 위한 준비를 하고 있었다. 꽃은 조심스럽게 빛깔을 고르고, 천천히 옷을 입고 꽃잎을 하나씩하나씩 다듬고 있었다. 그 꽃은 개양귀비꽃처럼 구겨진 채 나타나기가 싫었던 것이다. 자신의 아름다움이 최고에 달할 때 비로소 나타나고 싶었던 모양이다. 아! 정말, 매우 애교스러운 꽃이었다. 그의 신비로운 몸 단장은 그래서 여러 날을 두고 계속되었다.

그러더니 어느 날 아침, 해가 막 떠오르는 시각에 제 모습을 드러냈다. 그런데 그토록 정성들여 치장을 한 그 꽃은 하품을 하면서 말했다.

"아! 이제 막 잠에서 깨어났어요. 용서하세요. 제 꽃잎이 온통 헝클어져 있네요……."

어린왕자는 감탄을 억제할 수가 없었다.

"정말 아름다우시군요!"

"그렇죠? 그리고 전 해와 함께 태어났답니다……."

꽃이 살며시 대답했다.

어린왕자는 그 꽃이 그리 겸손하지는 않다고 생각했다. 그러나 그 꽃은 너무도 감동적이 아닌가!

"아침 식사 시간이네요."

조금 후 그 꽃이 말을 이었다.

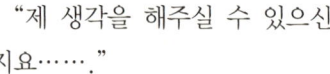

"제 생각을 해주실 수 있으신지요……."

그래서 몹시 어리둥절한 어린 왕자는 신선한 물이 담긴 물통을 찾아 꽃에 뿌려 주었다. 이렇게 해서 그 꽃은 태어나자마자 변덕 많은 허영심으로 그를 괴롭혔다.

어느 날은 자기가 지닌 네 개의 가시에 대한 이야기를 하면서 어린왕자에게 이렇게 말했다.

"호랑이들이 발톱을 세우고 덤벼도 두렵지 않아요."

"나의 별에는 호랑이가 없어요."라고 어린왕자가 반박했다.

"그리고 호랑이들은 풀을 먹지도 않아요."

"전 풀이 아니에요."

그 꽃이 부드럽게 말했다.

"미안해요……."

"난 호랑이는 조금도 무섭지 않아요. 하지만 바람은 무서워요. 바람막이를 가지고 있나요?"

"바람이 무섭다…… 풀로서는 안 될 일이군."
이렇게 말하고서 어린왕자는 속으로 생각했다.
'이 꽃은 정말 까다롭군…….'
"저녁에는 저에게 덮개를 씌워 줘요. 당신이 살고 있는 이 곳은 매우 춥군요. 제가 살던 곳은……."

그러나 그 꽃은 말을 끊었다. 그 꽃은 씨앗의 형태로 온 것이었다. 그러니 다른 곳을 알 리가 없었다. 그처럼 뻔한 거짓말을 하려다 들킨 것이 부끄러워진 그 꽃은 어린왕자의 잘못을 탓하듯 두세 번 기침을 했다.

"바람막이는 어떻게 됐죠?"
"찾으려고 했는데 당신이 말을 하고 있어서……."

그러자 꽃은 여하튼 어린왕자에게 가책을 느끼게 할 양으로 더 심하게 기침을 했다.

그래서 어린왕자는 좋은 뜻으로 해석하려는 그의 사랑에도 불구하고 곧 그 꽃을 의심하게 되었다. 그는 대수롭지 않은 말들을 심각하게 생각하고 몹시 기분이 나빠졌다.

어느 날 그는 나에게 털어놓았다.

"그 꽃의 말에 귀를 기울이지 말아야 했어. 꽃들이 하는 말에는 귀를 기울이면 안 돼. 그냥 바라보고 향기를 맡기만 해야 해. 내 꽃은 내 별에 향기를 떨치고 있었는데 난 그걸 즐길 줄 몰랐거든. 그 가시 이야기에 눈살을 찌푸렸지만 사실은 가엾게 생각했어야 되는 건데……."

그는 계속 이렇게 말했다.

"그때 난 아무것도 이해하지 못했어! 그 꽃이 하는 말이 아니라 행동을 보고 판단했어야 했어. 그 꽃은 나에게 향기를 풍겨주고 내 마음을 환하게 해주었어. 결코 도망치지 말았어야 하는 건데…… 그 하찮은 꾀 뒤에 애정이 숨어 있다는 것을 눈치챘어야 했는데, 꽃들이란 모순덩어리거든! 하지만 난 너무 어려서 그 꽃을 사랑할 줄을 몰랐어……."

VIII

I soon learned to know about that flower better. On the little prince's planet, there had always been very simple flowers, decorated with a single row of petals so that they took up no room at all and got in no one's way. They would appear one morning in the grass, and would fade by nightfall. But this one had grown from a seed brought from who knows where, and the little prince had kept a close watch over a sprout that was not like any of the others. It might have been a new kind of baobab. But the sprout soon stopped growing and began to show signs of blossoming. The little prince, who had watched the development of an enormous bud, realized that some sort of miraculous apparition would emerge from it, but the flower continued her beauty preparations in the shelter of her green chamber, selecting her colors with the greatest care and dressing quite deliberately, adjusting her petals one by one. She had no desire to emerge all rumpled, like the poppies. She wished to appear only in the full radiance of her beauty. Oh yes, she was quite vain! And her mysterious adornment had lasted days and days. And then one morning, precisely at sunrise, she showed herself.

And after having labored so painstakingly, she yawned and said, "Ah! I'm hardly awake… Forgive me… I'm still all untidy…"

But the little prince couldn' t contain his admiration.

"How lovely you are!"

"Aren' t I?" the flower answered sweetly. "And I was born the same time as the sun…"

The litle prince realized that she wasn't any too modest, but she was so dazzling!

"I believe it is breakfast time," she had soon added.

"Would you be so kind as to tend to me?"

And the little prince, utterly abashed, having gone to look for a watering can, served the flower.

She had soon begun tormenting him with her rather touchy vanity. One day, for instance, alluding to her four thorns, she remarked to the little prince, "I'm ready for tigers, with all their claws!"

"There are no tigers on my planet," the little prince had objected, "and besides, tigers don't eat weeds."

"I am not a weed," the flower sweetly replied.

"Forgive me…"

"I am not at all afraid of tigers, but I have a horror of drafts. You wouldn't happen to have a screen?"

"A horror of drafts… that's not a good sign, for a plant," the little prince had observed. "How complicated this flower is…"

"After dark you will put me under glass. How cold it is where you live—quite uncomfortable. Where I come from—" But she suddenly broke off. She had come here as a seed. She couldn't have known anything of other worlds. Humiliated at having let herself be caught on the verge of so naive a lie, she coughed two or three times in order to put the little prince in the wrong. "That screen?"

"I was going to look for one, but you were speaking to me!"

Then she made herself cough again, in order to inflict a twinge of remorse on him all the same.

So the little prince, despite all the goodwill of his love, had soon come to mistrust her. He had taken serious certain inconsequential remarks and had grown very unhappy.

"I shouldn't have listened to her," he confided to me one day. "You must never listen to flowers. You must look at them and smell them. Mine perfumed my planet, but I didn't know how to enjoy that. The business about the tiger claws, instead of annoying me, ought to have moved me⋯"

And he confided further, "In those days, I didn't understand anything. I should have judged her according to her actions, not her words. She perfumed my planet and lit up my life. I should never have run away! I ought to have realized the tenderness underlying her silly pretensions. Flowers are so contradictory! But I was too young to know how to love her."

9

 나는 어린왕자가 철새들의 이동을 이용하여 그의 별을 떠나왔으리라 생각한다. 떠나는 날 아침 그는 그의 별을 잘 정리해 놓았다. 그는 조심스럽게 불을 뿜는 화산들을 청소했다. 그의 별에는 불을 뿜는 화산이 두 개 있었다. 그런데 그것은 아침 식사를 데우는 데 꼭 알맞았다. 그의 별에는 불이 꺼진 화산도 하나 있었다.

 그러나 그의 말처럼 '어떻게 될지 알 수 없는' 일이었다. 그래서 불이 꺼진 화산도 잘 청소해 놓았다. 청소만 잘 해주면 화산들은 폭발하지 않고 조용히 규칙적으로 타오른다. 화산 폭발이란 벽난로의 불길과 같은 것이다. 우리 지구에서는 우리가 너무 작아서 우리들의 화산을 청소할 수가 없다. 그래서 화산이 우리에게 많은 어려움을 가져다 주는 것이다.

 어린왕자는 좀 서글픈 마음으로 나머지 바오밥나무 싹들

도 뽑아냈다. 다시는 돌아오지 않겠다고 그는 생각했던 것이다. 그러나 그날 아침에는 모든 친숙한 일들이 유난히 소중하게 느껴졌다. 그래서 마지막으로 꽃에 물을 주고 덮개를 씌워 주려는 순간 그는 울음이 터져나오려고 했다.

"잘 있어요."

그는 꽃에게 말했다.

"잘 있어요."

그가 되풀이했다.

꽃은 기침을 했다. 그러나 그것은 감기 때문이 아니었다.

"제가 어리석었어요."

꽃이 마침내 말했다.

"용서해 줘요. 행복해지도록 노력하시기 바래요."

그는 꽃이 비난하듯 말하지 않는 것이 놀라웠다. 그는 덮개를 손에 든 채 어쩔 줄 모르고 멍하니 서 있었다. 꽃의 그 조용한 다정스러움을 그는 이해할 수가 없었다.

"그래요. 전 당신을 사랑해요."

꽃이 말했다.

"내 잘못이었어요. 아무래도 좋아요. 그렇지만 당신도 나처럼 어리석었어요. 부디 행복하세요. 덮개는 내버려둬요. 이젠 필요없어요."

그는 조심스럽게 불을 뿜는 화산들을 청소했다.
He carefully raked out his active volcanoes.

"하지만 바람이 불면……."

"내 감기가 그렇게 심한 건 아니에요……. 밤의 찬 공기가 오히려 좋을 거예요. 나는 꽃이니까요."

"하지만 짐승이……"

"나비와 친해지려면 두세 마리의 쐐기벌레는 견뎌야지요. 나비는 매우 아름다운 모양이니까. 나비와 쐐기벌레가 아니라면 누가 나를 찾아 주겠어요? 당신은 멀리 갈 거구. 커다란 짐승들은 두렵지 않아요. 저도 가시가 있으니까요."

그리고 그 꽃은 순진하게 자기의 네 개의 가시를 보여 주었다. 그리고 말을 이었다.

"그렇게 우물쭈물하지 마세요. 떠나기로 결심했으니 어서 가세요!"

그 꽃은 울고 있는 자기의 모습을 어린왕자에게 보여 주고 싶지 않았다. 그만큼 자존심이 강한 꽃이었다.

IX

In order to make his escape, I believe he took advantage of a migration of wild birds. On the morning of his departure, he put his planet in order. He carefully raked out his active volcanoes. The little prince possessed two active volcanoes, which were very convenient for warming his breakfast. He also possessed one extinct volcano. But, as he said, "You never know!" So he raked out the extinct volcano, too. If they are properly raked out, volcanoes burn gently and regularly, without eruptions. Volcanic eruptions are like fires in a chimney. Of course, on our Earth we are much too small to rake out our volcanoes. That is why they cause us so much trouble.

The little prince also uprooted, a little sadly, the last baobab shoots. He believed he would never be coming back. But all these familiar tasks seemed very sweet to him on this last morning. And when he watered the flower one last time, and put her under glass, he felt like crying.

"Good-bye," he said to the flower.

But she did not answer him.

"Good-bye," he repeated.

The flower coughed. But not because she had a cold.

"I've been silly," she told him at last. "I ask your forgiveness. Try to be happy."

He was surprised that there were no reproaches. He stood there, quite bewildered, holding the glass bell in midair. He failed to understand this calm sweetness.

"Of couse I love you," the flower told him. "It was my fault you never knew. It doesn't matter. But you were just as silly as I was. Try to be happy… Put that

glass thing down. I don't want it anymore."

"But the wind…"

"My cold isn't that bad… The night air will do me good. I'm a flower."

"But the animals…"

"I need to put up with two or three caterpillars if I want to get to know the butterflies. Apparently they're very beautiful. Otherwise who will visit me? You'll be far away. As for the big animals, I'm not afraid of them. I have my own claws." And she naively showed her four thorns. Then she added, "Don't hang around like this; it's irritating. You made up your mind to leave. Now go."

For she didn't want him to see her crying. She was such a proud flower…

10

그의 별은 소행성 325호, 326호, 327호, 328호, 329호, 330호와 이웃해 있었다. 그래서 그는 우선 일거리를 찾고 무언가 배워볼 생각으로 그 별들부터 찾아보기로 했다.

첫 번째 별에는 왕이 살고 있었다. 그 왕은 홍포와 흰 수달피로 만든 옷을 입고 매우 검소하면서도 위엄 있는 옥좌에 앉아 있었다.

"아! 신하가 한 사람 왔구나!"라고 왕은 어린왕자를 보면서 큰 소리로 외쳤다.

그래서 어린왕자는 마음 속으로 생각했다.

"나를 한 번도 본 적이 없을 텐데 어떻게 알아볼까?"

왕에게는 세상이 매우 간단하다는 사실을 그는 알지 못했던 것이다. 모든 사람이 다 신하인 것이다.

"좀더 자세히 볼 수 있도록 나에게 가까이 다가오너라."

마침내 어떤 사람의 왕 노릇을 하게 된 것이 자랑스러워

왕은 그에게 말했다.

어린왕자는 어디 앉을 데가 없는지 찾아보았으나 그 별은 흰 수달피의 호화스러운 망토로 온통 뒤덮여 있었다. 그래서 그는 서 있었다. 그리고 피곤해서 그런지 하품을 했다.

"왕의 면전에서 하품을 하는 것은 예의에 어긋나느니라."

왕이 말하였다.

"짐은 하품하는 걸 금하노라."

"참을 수가 없는 걸요."

어린왕자는 어리둥절해서 대답했다.

"오래 여행을 해서 잠을 한 숨도 못 잤거든요."

"그렇다면 하품하기를 명하노라."

왕이 말했다.

"하품하는 걸 본 지도 여러 해가 되었구나. 하품하는 게 신기하구나. 자! 또 하품을 하여라! 명령이니라."

"그렇게 말씀하시니까 겁이 나서…… 하품이 안 나와요……."

얼굴을 붉히면서 어린왕자가 중얼거렸다.

"어흠! 어흠! 그렇다면 짐이 명하노니, 어떤 때는 하품

을 하고 또 어떤 때는……."
하고 왕이 대답했다.

그는 뭐라고 중얼거렸다. 화가 난 것 같았다.

왜냐하면 왕은 자신의 권위가 존중되는 것을 무엇보다도 원했기 때문이다. 그에게는 불복종이란 용서할 수 없는 것이었다. 그는 절대군주였다. 그러나 매우 선량한 사람이었으므로 사리에 맞는 명령을 내렸다.

"만약 짐이 어떤 장군에게 물새로 변하라고 명령했는데 그 장군이 명령에 복종하지 않는다면 그건 그의 잘못이 아니라 짐의 잘못이니라."라고 말하곤 했다.

"앉아도 되나요?"

어린왕자가 조심조심 물었다.

"짐은 앉기를 명하노라."

흰 수달피 망토 한 자락을 위엄 있게 걷어올리며 왕이 대답했다.

그러자 어린왕자는 매우 놀랐다. 별은 아주 작았다. 도대체 이 왕은 무엇을 다스릴까?

"폐하, 한 가지 여쭈어 봐도 괜찮을까요……?"

"짐이 명하노니, 질문을 하라."

"폐하, …… 폐하는 무엇을 다스리시나요?"

"모든 것을 다스리노라."

왕이 한 마디로 엄숙하게 대답했다.

"모든 걸요?"

왕은 신중하게 그의 별과 다른 별들과 떠돌이 별을 가리켰다.

"그 모든 것을요?"

어린왕자가 물었다.

"그 모든 것을."

왕이 대답했다.

그는 절대군주였을 뿐아니라 온 우주의 군주이기도 했다.

"그럼 별들이 폐하께 복종하나요?"

"물론이니라."

왕이 말했다.

"별들은 곧 복종하노라. 짐은 규율을 어기는 것은 용납하지 않노라."

그러한 굉장한 권력은 어린왕자를 감동시켰다. 그도 그런 힘을 가지고 있다면 의자를 뒤로 물려 놓지 않고서는 하루에 마흔네 번 아니라, 일흔두 번 아니, 백 번, 이백 번이라도 해지는 광경을 볼 수 있을 텐데. 그래서 자기가 버려 두고 온 작은 별에 대한 추억 때문에 약간 슬퍼진 어린왕자는 용기를 내서 왕에게 부탁을 드렸다.

"해가 지는 걸 보고 싶어요……. 제발 저의 소원을 들어 주세요……. 해에게 지도록 명령해 주세요……."

"짐이 어떤 장군에게 나비처럼 이 꽃에서 저 꽃으로 날아다니라든지, 한 편의 비극을 쓰라고 한다든지, 혹은 물새로 변하도록 명령했는데 그 장군이 명령을 받고 복종하지 않는다면 그와 짐 중에서 누가 잘못하였겠는가?"

"폐하의 잘못이시죠."

어린왕자가 단호하게 말했다.

"옳도다. 자기가 할 수 있는 것을 명령해야 하느니라."

왕이 다시 말했다.

"권위는 무엇보다도 사리에 근거를 두어야 하느니라. 만일 네가 너의 백성들에게 바다에 가서 빠져 죽으라고 명령한다면 그들은 혁명을 일으킬 것이로다. 짐이 복종을 요구할 권리가 있음은 짐의 명령이 사리에 맞기 때문이니라."

"그럼 제가 부탁한 해지는 광경은요?"

한 번 질문을 던지면 결코 잊어버리지 않는 어린왕자가 주의를 환기시켰다.

"해가 지는 광경을 네가 보도록 해주겠노라. 짐이 명령하겠노라. 하지만 내 통치 신념에 따라 조건이 갖추어지기를 기다리겠노라."

"언제 그렇게 되나요?"

어린왕자가 물었다.

"어흠! 어흠! 오늘 저녁…… 오늘 저녁…… 일곱 시 사십 분경이겠노라! 짐의 명령이 얼마나 잘 이행되는지 너는 보게 되리로다."

커다란 책을 찾아보며 왕이 대답했다.

어린왕자가 하품을 했다. 그는 해지는 광경을 못 보게 된 것이 섭섭했다. 그리고 그는 벌써 약간 싫증이 났다.

"이제 저는 여기서 할 일이 없군요."

그는 왕에게 말했다.

"떠나겠어요."

"떠나지 마라. 떠나지 마라. 너를 대신으로 명하겠노라!"

시민을 갖게 된 것이 몹시 자랑스러운 왕이 대답했다.

"무슨 대신인데요?"

"에…… 법무대신이니라!"

"하지만 여기엔 재판할 사람이 아무도 없는데요!"

"그건 알 수 없는 일이니라."

왕이 말했다.

"짐은 아직까지 짐의 왕국을 순시한 적이 없도다. 짐은 너무 늙었고, 마차를 둘 자리도 없고, 걸어다니는 건 힘이 드느니라."

"그렇지만 전 벌써 다 보았어요!"

몸을 굽혀 그 별의 저쪽 편을 다시 한 번 쳐다보며 어린왕자가 말했다.

저쪽도 이쪽도 마찬가지로 아무도 없었다.

"그럼 네 자신을 재판하거라."

왕이 대답했다.

"그것이 가장 어려운 일이니라. 다른 사람을 재판하는 것보다 자기 자신을 재판하는 게 훨씬 어려운 법이니라. 네가 자신을 훌륭히 재판할 수 있다면 너는 참으로 지혜로운 사람이니라."

"그렇습니다. 그러나, 전 다른 데서도 저를 재판할 수 있어요. 여기에 있을 필요는 없어요."

어린왕자가 말했다.

"어흠! 어흠!"

왕이 말했다.

"이 별 어딘가에 늙은 쥐 한 마리가 있노라. 밤이면 그 소리가 들리느니라. 그 늙은 쥐를 재판하거라. 때때로 그에게 사형선고를 내리거라. 그러면 그 쥐의 생명은 너의 심판에 달려 있게 될 것이다. 그러나 매번 그에게 특사를 내려 그 쥐를 아끼도록 하거라. 단지 한 마리밖에 없기 때문이니라."

"전 사형선고를 내리는 것을 좋아하지 않아요."

어린왕자가 말했다.

"아무래도 가야겠어요."

"떠나지 마라."

왕이 말했다.

어린왕자는 떠날 준비를 다 끝냈으나 늙은 왕을 섭섭하게 하고 싶지 않았다.

"폐하의 명령이 어김 없이 지켜지기를 원하신다면 제게 사리에 맞는 명령을 내려 주세요. 예를 들면 일 분 내로 떠나라고 제게 명령하실 수 있잖아요. 지금 조건이 좋은 것 같아요……."

왕이 아무런 대답도 하지 않았으므로, 어린왕자는 망설이다가 한숨을 한 번 내쉰 후 길을 떠났다.

"짐은 너를 내 대사로 명하노라."

왕이 서둘러 외쳤다.

그는 잔뜩 위엄스러운 표정을 짓고 있었다.

'어른들은 정말 이상하군.' 하고 어린왕자는 여행을 하면서 속으로 생각했다.

X

He happened to be in the vicinity of Asteroids 325, 326, 327, 328, 329, and 330. So he began by visiting them, to keep himself busy and to learn something.

The first one was inhabited by a king. Wearing purple and ermine, he was sitting on a simple yet majestic throne.

"Ah! Here's a subject!" the king exclaimed when he caught sight of the little prince.

And the little prince wondered, *How can he know who I am when he's never seen me before?* He didn't realize that for kings, the world is extremely simplified: All men are subjects.

"Approach the throne so I can get a better look at you." said the king, very proud of being a king for someone at last.

The little prince looked around for a place to sit down, but the planet was covered by the magnificent ermine cloak. So he remained standing, and since he was tired, he yawned.

"It is a violation of etiquette to yawn in a king's presence," the monarch told him. "I forbid you to do so."

"I can't help it," answered the little prince, quite embarrassed. "I've made a long journey, and I haven't had any sleep…"

"Then I command you to yawn," said the king. "I haven't seen anyone yawn for years. For me, yawns are a curiosity. Come on, yawn again! It is an order."

"That intimidates me… I can't do it now," said the little prince, blushing deeply.

"Well, well!" the king replied. "Then I… I command you to yawn sometimes and sometimes to…"

He was sputtering a little, and seemed annoyed.

For the king insisted that his authority be

universally respected. He would tolerate no disobedience, being an absolute monarch. But since he was a kind man, all his commands were reasonable. "If I were to command," he would often say, "if I were to command a general to turn into a seagull, and if the general did not obey, that would not be the general's fault. It would be mine."

"May I sit down?" the little prince timidly inquired.

"I command you to sit down," the king replied, majestically gathering up a fold of his ermine robe.

But the little prince was wondering. The planet was tiny. Over what could the king really reign? "Sire⋯," he ventured, "excuse me for asking⋯"

"I command you to ask," the king hastened to say.

"Sire⋯ over what do you reign?"

"Over everything," the king answered, with great simplicity.

"Over everything?"

With a discreet gesture the king pointed to his planet, to the other planets, and to the stars.

"Over all that?" asked the little prince.

"Over all that⋯," the king answered.

For not only was he an absolute monarch, but a universal monarch as well.

"And do the stars obey you?"

"Of course," the king replied. "They obey immediately. I tolerate no insubordination."

Such power amazed the little prince. If he had wielded it himself, he could have watched not forty-four but seventy-two, or even a hundred, even two hundred sunsets on the same day without ever having to move his chair! And since he was feeling rather sad on account of remembering his own little planet, which he had forsaken, he ventured to ask a favor of the king: "I'd like to see a sunset⋯ Do me a favor, your majesty⋯ Command the sun to set⋯"

"If I commanded a general to fly from one flower to the next like a butterfly, or to write a tragedy, or to turn into a seagull, and if the general did not carry out my command, which of us would be in the wrong, the general or me?"

"You would be," said the little prince, quite firmly.

"Exactly. One must command what each can perform," the king went on. "Authority is based first of all upon reason. If you command your subjects to jump in the ocean, there will be a revolution. I am entitled to command obedience because my orders are reasonable."

"Then my sunset?" insisted the little prince, who never let go of a question once he had asked it.

"You shall have your sunset. I shall command it. But I shall wait, according to my science of government, until conditions are favorable."

"And when will that be?" inquired the little prince.

"Well, well!" replied the king, first consulting a large calendar. "Well, well! That will be around⋯ around⋯ that will be tonight around seven-forty! And you'll see how well I am obeyed!"

The little prince yawned. He was regretting his lost sunset. And besides, he was already growing a little bored. "I have nothing further to do here," he told the king. "I'm going to be on my way!"

"Do not leave!" answered the king, who was so proud of having a subject. "Do not leave; I shall make you my minister!"

"A minister of what?"

"Of… of justice!"

"But there's no one here to judge!"

"You never know," the king told him. "I have not yet explored the whole of my realm. I am very old, I have no room for a carriage, and it wearies me to walk."

"Oh, but I've already seen for myself," said the little prince, leaning forward to glance one more time at the other side of the planet. "There's no one over there, either…"

"Then you shall pass judgment on yourself," the king answered. "That is the hardest thing of all. It is much harder to judge yourself than to judge others. If you succeed in judging yourself, it's because you are truly a wise man."

"But I can judge myself anywhere," said the little prince. "I don't need to live here."

"Well, well!" the king said. "I have good reason to believe that there is an old rat living somewhere on my planet. I hear him at night. You could judge that old rat. From time to time you will condemn him to death. That way his life will depend on your justice. But you'll pardon him each time for economy's sake. There's only one rat."

"I don't like condemning anyone to death," the little prince said, "and now I think I'll be on my way."

"No," said the king.

The little prince, having completed his preparations, had no desire to aggrieve the old monarch. "If Your Majesty desires to be promptly obeyed, he should give me a reasonable command. He might command me, for instance, to leave before this minute is up. It seems to me that conditions are favorable⋯."

The king having made no answer, the little prince hesitated at first, and then, with a sigh, took his leave.

"I make you my ambassador," the king hastily shouted after him. He had a great air of authority.

"Grown-ups are so strange," the little prince said to himself as he went on his way.

11

두 번째 별에는 허영심에 빠진 사람이 살고 있었다.
"아! 아! 저기 나를 존경하는 사람이 찾아오는군!"
어린왕자를 보자마자 멀리서 허영심 많은 사람이 외쳤다.
허영심 많은 사람들에겐 다른 사람들은 모두 자기를 존경해 주는 사람들인 것이다.
"안녕하세요."
어린왕자가 말했다.
"모자를 쓰고 계시군요."
"인사하기 위한 거지."
허영심 많은 사람이 대답했다.
"사람들이 나에게 환호성을 지를 때 인사하기 위한 거야. 불행하게도 이곳으로 지나가는 사람이 아무도 없어."
"뭐라고요?"
무슨 말인지 알아듣지 못한 어린왕자가 말했다.

"양 손을 마주 쳐 봐."

허영심 많은 사람이 일러 주었다.

어린왕자는 양 손을 마주 쳤다. 허영심 많은 사람이 모자를 벗어 들어올리며 인사를 했다.

"왕을 방문할 때보다 더 재미있군."

어린왕자는 속으로 중얼거렸다. 그러고는 다시 손을 들어 마주 쳤다. 허영심 많은 사람이 모자를 들어올리며 다시 인사를 했다. 5분쯤 이렇게 하고 나자 어린왕자는 그 단조로운 장난에 싫증이 났다.

"어떻게 하면 모자가 떨어지나요?"

어린왕자가 물었다.

그러나 허영심 많은 사람은 그의 말을 듣지 못했다. 허영심 많은 사람들에게는 오로지 찬양의 말 이외에는 남의 말이 들리지 않는 법이다.

"넌 정말 나를 찬양하지?"

그가 어린왕자에게 물었다.

"찬양한다는 게 뭔가요?"

"찬양한다는 건 내가 이 별에서 가장 미남이고, 가장 옷을 잘 입고, 가장 부자이고, 가장 지적이라고 인정해 주는 일이지."

"하지만 이 별에는 아저씨 혼자뿐이잖아요."

"나를 즐겁게 해다오. 여하튼 날 찬양해다오."

"난 아저씨를 찬양해요."

어린왕자가 어깨를 약간 으쓱 하면서 말했다.

"하지만 그게 아저씨에게 무슨 상관이 있나요?"

그러고는 어린왕자는 그 별을 떠났다.

'어른들이란 정말 이상하군.' 하고 어린왕자는 여행하면서 속으로 중얼거렸다.

XI

The second planet was inhabited by a very vain man.

"Ah! A visit from an admirer!" he exclaimed when he caught sight of the little prince, still at some distance. To vain men, other people are admirers.

"Hello," said the little prince. "That's a funny hat you're wearing."

"It's for answering acclamations," the very vain man replied. "Unfortunately, no one ever comes this way."

"Is that so?" said the little prince, who did not understand what the vain man was talking about.

"Clap your hands," directed the man.

The little prince clapped his hands, and the vain

man tipped his hat in modest acknowledgment.

This is more entertaining than the visit to the king, the little prince said to himself. And he continued clapping. The very vain man continued tipping his hat in acknowledgment.

After five minutes of this exercise, the little prince got tired of the game's monotony. "And what would make the hat fall off?" he asked.

But the vain man did not hear him. Vain men never hear anything but praise.

"Do you really admire me a great deal?" he asked the little prince.

"What does that mean—*admire*?"

"*To admire* means to acknowledge that I am the handsomest, the best-dressed, the richest, and the most intelligent man on the planet."

"But you're the only man on your planet!"

"Do me this favor. Admire me all the same."

"I admire you," said the little prince, with a little shrug of his shoulders, "but what is there about my admiration that interests you so much?" And the little prince went on his way.

"Grown-ups are certainly very strange," he said to himself as he continued on his journey.

12

그 다음 별에는 술꾼이 살고 있었다. 그 방문은 아주 짧았으나 어린왕자의 마음을 매우 우울하게 만들었다.

"뭘 하고 있어요?"

빈 병 한 무더기와 술이 가득 차 있는 병 한 무더기를 앞에 놓고 말없이 앉아 있는 술꾼에게 그가 물었다.

"술을 마시지."

침울한 얼굴을 하고는 술꾼이 대답했다.

"왜 마셔요?"

어린왕자가 그에게 물었다.

"잊기 위해서야."

술꾼이 대답했다.

"무엇을 잊기 위해선가요?"

술꾼이 측은하다는 생각이 들어 어린왕자가 물었다.

"부끄럽다는 것을 잊기 위해서야."

고개를 숙이며 술꾼이 대답했다.
"무엇이 부끄러운데요?"
그를 도와 주고 싶은 어린왕자가 물었다.
"술을 마시는 게 부끄러워!"
이렇게 말하고 술꾼은 깊은 침묵에 빠졌다.
그래서 의아해 하며 어린왕자는 다시 길을 떠났다.
 '어른들은 정말 너무 이상하군.' 하고 어린왕자는 여행을 하면서 속으로 중얼거렸다.

XII

The next planet was inhabited by a drunkard. This visit was a very brief one, but it plunged the little prince into a deep depression.

"What are you doing there?" he asked the drunkard, whom he found sunk in silence before a collection of empty bottles and a collection of full ones.

"Drinking," replied the drunkard, with a gloomy expression.

"Why are you drinking?" the little prince asked.

"To forget," replied the drunkard.

"To forget what?" inquired the little prince, who was already feeling sorry for him.

"To forget that I'm ashamed," confessed the

drunkard, hanging his head.

"What are you ashamed of?" inquired the little prince, who wanted to help.

"Of drinking!" concluded the drunkard, withdrawing into silence for good. And the little prince went on his way, puzzled.

"Grown-ups are certainly very, very strange," he said to himself as he continued on his journey.

13

 네 번째 별은 사업가의 별이었다. 그 사람은 얼마나 바쁜지 어린왕자가 왔는데도 고개조차 돌리지 않았다.
 "안녕하세요."
 어린왕자가 말했다.
 "담뱃불이 꺼졌네요."
 "셋 더하기 둘은 다섯, 다섯 더하기 일곱은 열둘, 열둘 더하기 셋은 열다섯, 안녕. 열다섯 더하기 일곱은 스물둘. 스물둘 더하기 여섯은 스물여덟. 다시 담뱃불 붙일 시간이 없어. 스물여섯 더하기 다섯은 서른하나. 휴우! 그러니까 5억 1백 6십 2만 2천 7백 3십 1이 되는구나."
 "5억 얼마요?"
 "응? 너 아직도 거기에 있니? 저…… 5억 1백만…… 틈을 낼 수가 없구나…… 너무 바빠! 중요한 일을 하고 있어. 시시한 일을 할 시간이 없어. 둘에다 다섯을 더하면 일

곱……."

"무엇이 5억 1백만이라는 거예요?"

한 번 질문을 하면 결코 포기해 본 적이 없는 어린왕자가 다시 물었다.

사업가가 고개를 들었다.

"54년 전부터 이 별에서 살고 있는데 내가 방해를 받은 적은 꼭 세 번뿐이야. 첫 번째는 28년 전이었는데, 난데 없이 떨어진 풍뎅이가 나를 방해했어. 그게 요란한 소리를 내서 계산이 네 군데나 틀렸었지. 두 번째는 11년 전이었는데, 신경통 때문이었어. 운동이 부족한 탓이야. 산보할 시간이 없거든. 난 중대한 일을 하는 사람이라서 그래. 세 번째는…… 바로 지금이야! 가만 있자, 5억 1백만이라고 했었지…….”

"무엇을 세는 거예요?"

사업가는 조용히 일하기는 틀렸다는 것을 깨달았다.

"때때로 하늘에 보이는 그 조그만 것들 말이다."

"파리?"

"아니야. 반짝거리는 조그만 것들이지."

"꿀벌?"

"아니야. 게으름뱅이들을 쓸데없이 공상에 잠기도록 만드는 금빛나는 조그만 것들 말이야. 하지만 난 중대한 일을 하는 사람이거든. 공상할 틈이 없어."

"아! 별 말이군요?"

"그래 별이야."

"5억의 별들을 가지고 뭘 하는 거예요?"

"5억 1백 6십 2만 2천 7백 3십 1개야. 나는 중대한 일을 하고 정확한 사람이야."

"그 별들을 가지고 뭘 하느냐니까요?"

"뭘 하느냐고?"

"그래요."

"아무것도 안해. 그것들을 소유하고 있는 거야."

"별들을 소유하고 있다고요?"

"그래."

"하지만 내가 전에 본 어떤 왕은……."

"왕은 소유하지 않아. 그들은 다스리는 거야. 그건 매우 다른 얘기야."

"그럼 별들을 소유하는 게 무슨 소용이 있나요?"

"부자가 되는 데 필요하지."

"부자가 되면 뭐가 좋은데요?"

"다른 별들이 발견되면 그걸 살 수 있게 되는 거지."

'이 사람도 그 술꾼처럼 생각하고 있군.' 하고 어린왕자는 생각했다.

하지만 그는 다시 질문을 했다.

"어떻게 별들을 소유하지요?"

"별들이 누구 거야?"

사업가가 투덜거리듯 물었다.

"몰라요. 주인이 아무도 없겠지요."

"그러니까 아저씨 것이 되는 건가요?"

"물론이야. 주인 없는 다이아몬드는 그걸 발견한 사람의 소유가 되는 거야. 주인 없는 섬을 네가 발견하면 그건 네 것이 되는 거야. 그래서 나는 별들을 소유하는 거야. 나보다 먼저 그런 생각을 한 사람이 없었으니까."

"그렇군요."

어린왕자가 말했다.

"하지만 아저씨는 별들을 가지고 뭘 하나요?"

"그것들을 관리하는 거야. 별을 세고 또 세는 거야."

사업가가 말했다.

"그건 힘든 일이야. 하지만 난 중요한 일을 하길 좋아하니까."

어린왕자는 그래도 만족해 하지 않았다.

"내가 머플러를 지니고 있다면 그것을 목에 두르고 다닐 수가 있어요. 또 꽃이 있을 때는 그 꽃을 꺾어 가지고 다닐 수가 있어요. 하지만 아저씨는 별들을 딸 수가 없잖아요!"

"그렇지. 하지만 은행에 그걸 맡길 수는 있지."

"그게 무슨 말이에요?"

"그건 말이야. 종이 조각 위에 내 별들의 숫자를 적어 그것을 서랍 속에 넣고 잠근단 말이야."

"그리고 그뿐이에요?"

"그것뿐이지."

'그것 참 재미있군.'

어린왕자는 생각했다.

'아주 시적(詩的)이고. 하지만 그렇게 중요한 일은 아니군.'

어린왕자는 중대한 일에 대해서 어른들과 매우 다른 생각을 갖고 있었다.

"나에겐 꽃이 하나 있는데, 매일 물을 줘요. 세 개의 화산도 가지고 있는데 주일마다 그을음을 청소해 주지요. 불이 꺼진 화산도 청소해 주니까 세 개가 되지요. 언제 어떻게 될지 알 수 없는 노릇이거든요. 그렇게 하는 것이 내가 가지고 있는 화산이나 꽃에게 이로운 일이거든요. 하지만 아저씨는 별들에게 유익하지 않아……."

사업가는 뭐라고 말을 하려고 했으나 대답할 말을 찾아내지 못했다. 그래서 어린왕자는 떠났다.

'어른들은 정말 모두가 이상하군.'

하고 어린왕자는 여행을 하면서 혼자 속으로 중얼거릴 뿐이었다.

XIII

The fourth planet belonged to a businessman. This person was so busy that he didn't even raise his head when the little prince arrived.

"Hello," said the little prince. "Your cigarette's gone out."

"Three and two makes five. Five and seven, twelve. Twelve and three, fifteen. Hello. Fifteen and seven, twenty-two. Twenty-two and six, twenty-eight. No time to light it again. Twenty-six and five, thirty-one. Whew! That amounts to five-hundred-and one million, six-hundred-twenty-two thousand, seven hundred thirty-one."

"Five-hundred million what?"

"Hmm? You're still there? Five-hundred-and one

million… I don't remember… I have so much work to do! I'm a serious man. I can't be bothered with trifles! Two and five, seven…"

"Five-hundred-and-one million what?" repeated the little prince, who had never in his life let go of a question once he had asked it.

The businessman raised his head. "For the fifty-four years I've inhabited this planet, I've been interrupted only three times. The first time was twenty-two years ago, when I was interrupted by a beetle that had fallen onto my desk from god knows where. It made a terrible noise, and I made four mistakes in my calculations. The second time was eleven years ago, when I was interrupted by a fit of rheumatism. I don't get enough exercise. I haven't time to take strolls. I'm a serious person. The third time… is right now! Where was I? Five-hundred-and-one million…"

"Million what?"

The businessman realized that he had no hope of

being left in peace. "Oh, of those little things you sometimes see in the sky."

"Flies?"

"No, those little shiny things."

"Bees?"

"No, those little golden things that make lazy people daydream. Now, I'm a serious person. I have no time for daydreaming."

"Ah! You mean the stars?"

"Yes, that's it. Stars."

"And what do you do with five-hundred million stars?"

"Five-hundred-and-one million, six-hundred-twenty-two thousand, seven hundred thirty-one. I'm a serious person, and I'm accurate."

"And what do you do with those stars?"

"What do I do with them?"

"Yes."

"Nothing. I own them."

"You own the stars?"

"Yes."

"But I've already seen a king who—"

"Kings don't own. They 'reign' over⋯ It's quite different."

"And what good does owning the stars do you?"

"It does me the good of being rich."

"And what good does it do you to be rich?"

"It lets me buy other stars, if somebody discovers them."

The little prince said to himself, *This man argues a little like the drunkard*. Nevertheless he asked more questions. "How can someone own the stars?"

"To whom do they belong?" retorted the businessman grumpily.

"I don't know. To nobody."

"Then they belong to me, because I thought of it first."

"And that's all it takes?"

"Of course. When you find a diamond that belongs to nobody in particular, then it's yours. When you find an island that belongs to nobody in particular, it's yours. When you're the first person to have an idea, you patent it and it's yours. Now I own the stars, since no one before me ever thought of owning them."

"That's true enough," the little prince said. "And what do you do with them?"

"I manage them. I count them and then count them again," the businessman said.

"It's difficult work. But I'm a serious person!"

The little prince was still not satisfied. "If I own a scarf, I can tie it around my neck and take it away. If I own a flower, I can pick it and take it away. But you can't pick the stars!"

"No, but I can put them in the bank."

"What does that mean?"

"That means that I write the number of my stars on a slip of paper. And then I lock that slip of paper in a drawer."

"And that's all?"

"That's enough!"

That's amusing, thought the little prince. *And even poetic. But not very serious.* The little prince had very different ideas about serious things from those of the grown-ups. "I own a flower myself," he continued, "which I water every day. I own three volcanoes, which I rake out every week. I even rake out the extinct one. You never know. So it's of some use to my volcanoes, and it's useful to my flower, that I own them. But you're not useful to the stars."

The businessman opened his mouth but found nothing to say in reply, and the little prince went on his way.

"Grown-ups are certainly quite extraordinary" was all he said to himself as he continued on his journey.

14

 다섯 번째 별은 매우 이상했다. 그것은 모든 별 중에서 가장 작은 별이었다. 거기에는 가로등 하나와 가로등을 켜는 사람이 한 명 있을 자리밖에 없었다. 하늘 어딘가에 집도 없고 사람들도 한 명 없는 별에, 가로등과 가로등을 켜는 사람이 무슨 소용이 있는지 어린왕자는 도무지 이해할 수가 없었다. 하지만 그는 속으로 중얼거렸다.
 '이 사람은 어리석은 사람인지도 몰라. 하지만 왕이나 허영심 많은 사람이나 술꾼보다는 낫지. 적어도 그가 하는 일에는 어떤 의미가 있으니까. 가로등을 켤 때는 별을 한 개 더, 또는 꽃 한 송이를 더 태어나게 하는 셈이니까. 가로등을 끌 때면, 그 꽃이나 별을 잠들게 하는 거지. 아주 아름다운 직업이야. 아름다우니까 정말 유용한 거야.'
 그가 별에 도착했을 때 그는 가로등 켜는 사람에게 공손히 인사했다.

나는 힘든 직업에 종사하고 있단다.
"It's a terrible job I have."

"안녕, 아저씨. 왜 방금 가로등을 끄셨나요?"
"그건 명령이야."
가로등 켜는 사람이 대답했다.
"안녕."
"명령이 뭐예요?"
"가로등을 끄라는 명령이야. 잘 자."
그리고 그는 다시 불을 켰다.
"왜 또 바로 가로등을 다시 켰어요?"
"명령이야."
가로등을 켜는 사람이 대답했다.
"이해할 수 없어요."
어린왕자가 말했다.
"이해할 건 아무것도 없어."
가로등 켜는 사람이 말했다.
"명령은 명령이니까. 안녕."
그리고 그는 가로등을 껐다.

그런 다음 그는 붉은 바둑판 무늬의 손수건으로 그의 이마의 땀을 닦았다.

"난 정말 힘든 직업을 가졌어. 전에는 무리가 없었는데. 아침에는 불을 끄고 저녁이면 다시 불을 켰었거든. 그래서 나머지 낮 시간에는 쉬고 나머지 밤 시간에는 잘 수도 있었거든……."

"그럼 그 후로 명령이 바뀌었나요?"

"명령은 바뀌지 않았어."

가로등 켜는 사람이 말했다.

"그게 비극이야! 이 별은 해가 갈수록 빨리 돌고 있는데 명령은 바뀌지 않았단 말이야!"

"그래서요?"

어린왕자가 물었다.

"그래서 이젠 이 별이 일 분에 한 번씩 돌기 때문에 일 초도 쉴 수가 없는 거야. 일 분마다 한 번씩 껐다 켰다 해야 하는 거야!"

"그것 참 재미있네요! 아저씨가 살고 있는 여기에서는 하루가 단지 1분이면 지나가 버리네요!"

"재미있기는!"

가로등 켜는 사람이 말했다.

"우리가 얘기하는 동안 벌써 한 달이 지났어."

"한 달이?"

"그래, 한 달이. 삼십 분이니까 삼십 일이지. 잘 자."

그리고 그는 다시 가로등을 켰다.

The Little Prince

어린왕자는 그를 바라보았다. 명령에 그토록 충실한 가로등 켜는 사람이 어린왕자는 좋아졌다. 그는 의자를 뒤로 물리면서 해지는 광경을 보고 싶어하던 지난 일이 생각났다. 그는 자기 친구를 도와주고 싶었다.

"저 말이죠."

그가 말했다.

"쉬고 싶을 때 쉴 수 있는 방법이 있어요."

"난 항상 쉬고 싶단다."

가로등 켜는 사람이 말했다.

사람은 누구나 성실하면서도 한편으로는 게으름 피우고 싶을 수도 있는 법이다.

어린왕자는 말을 계속했다.

"아저씨 별은 너무 작으니까 세 발자국만 걸으면 한 바퀴 돌 수 있잖아요. 항상 햇빛 속에 있으려면, 아저씨는 천천히 걸어가기만 하면 되는 거예요. 쉬고 싶을 때는 걷기만 하면 돼요. 그럼 하루는 아저씨가 원하는 만큼 길어질 거예요."

"그건 나에게 그다지 도움이 안 돼."

가로등 켜는 사람이 말했다.

"내가 원하는 건 잠자는 것뿐이야."

"그렇다면 아저씨는 불행하군요."
어린왕자가 말했다.
"난 불행해."
가로등 켜는 사람이 말했다.
"안녕."
그리고 그는 가로등을 껐다.
'저 사람은.'
더 멀리로 여행을 계속하면서 어린왕자는 생각했다.
'저 사람은 다른 모든 사람들, 왕이나 허영심 많은 사람이나 술꾼이나 사업가에게 멸시를 받을 거야. 하지만 우스꽝스럽게 보이지 않는 사람은 그들 중에서 단지 저 사람뿐이야. 그건 아마도 저 사람은 자기 자신이 아닌 다른 일에 전념하고 있기 때문일 거야.'
그는 섭섭해서 한숨을 쉬면서 계속 생각했다.
'내가 친구로 삼을 수 있었던 사람은 저 사람뿐이었는데. 그러나 그의 별은 너무 작아. 두 사람이 있을 자리가 없어……'
어린왕자에게는 차마 고백하지 못한 것이 있었다. 그가 이 별을 떠나면서 가장 섭섭한 것은, 그곳에는 하루에 1천 4백 4십 번이나 석양을 볼 수 있다는 것이었다.

XIV

The fifth planet was very strange. It was the smallest of all. There was just enough room for a street lamp and a lamplighter. The little prince couldn't quite understand what use a street lamp and a lamplighter could be up there in the sky, on a planet without any people or a single house. However, he said to himself, *It's quite possible that this man is absurd. But he's less absurd than the king, the very vain man, the businessman, and the drunkard. At least his work has some meaning. When he lights his lamp, it's as if he's bringing one more star to life, or one more flower. When he puts out his lamp, that sends the flower or the star to sleep, which is a fine occupation. And therefore truly useful.*

When the little prince reached this planet, he greeted the lamplighter respectfully. "Good morning. Why have you just put out your lamp?"

"Orders," the lamplighter answered. "Good morning."

"What orders are those?"

"To put out my street lamp. Good evening." And he lit his lamp again.

"But why have you just lit your lamp again?"

"Orders."

"I don't understand," said the little prince.

"There's nothing to understand," said the lamplighter. "Orders are orders. Good morning." And he put out his lamp. Then he wiped his forehead with a red-checked handkerchief. "It's a terrible job I have. It used to be reasonable enough. I put the lamp out mornings and lit it after dark. I had the rest of the day for my own affairs, and the rest of the night for sleeping."

"And since then orders have changed?"

"Orders haven't changed," the lamplighter said.

"That's just the trouble! Year by year the planet is turning faster and faster, and orders haven't changed!"

"Which means?"

"Which means that now that the planet revolves once a minute, I don't have an instant's rest. I light my lamp and turn it out once every minute!"

"That's funny! Your days here are one minute long!"

"It's not funny at all," the lamplighter said. "You and I have already been talking to each other for a month."

"A month?"

"Yes. Thirty minutes. Thirty days! Good evening." And he lit his lamp.

The little prince watched him, growing fonder and fonder of this lamplighter who was so faithful to orders. He remembered certain sunsets that he himself used to follow in other days, merely by shifting his chair. He wanted to help his friend.

"You know⋯ I can show you a way to take a rest whenever you want to."

"I always want to rest." the lamplighter said, for it is possible to be faithful and lazy at the same time.

The little prince continued, "Your planet is so small that you can walk around it in three strides. All you have to do is walk more slowly, and you'll always be in the sun. When you want to take a rest just walk⋯ and the day will last as long as you want it to."

"What good does that do me," the lamplighter said, "when the one thing in life I want to do is sleep?"

"Then you're out of luck," said the little prince.

"I am," said the lamplighter. "Good morning." And he put out his lamp.

Now that man, the little prince said to himself as he continued on his journey, *that man would be despised by all the others, by the king, by the very vain man, by the drunkard, by the businessman. Yet he's the only one who doesn't strike me as ridiculous.*

Perhaps it's because he's thinking of something besides himself. He heaved a sigh of regret and said to himself, again, *That man is the only one I might have made my friend. But his planet is really too small. There's not room for two*···

What the little prince dared not admit was that he regretted leaving that planet because it was blessed with one thousand, four hundred forty sunsets every twenty-four hours!

15

여섯 번째 별은 지난번 별보다 열 배나 더 큰 별이었다. 거기에는 대단히 큰 책을 쓰고 있는 한 노신사가 살고 있었다.

"야! 탐험가가 하나 오는군!"

어린왕자가 오는 것을 보고 그가 큰 소리로 외쳤다.

어린왕자는 책상 위에 앉아서는 숨을 약간 몰아쉬었다. 벌써 몹시도 긴 여행을 했던 것이다!

"어디서 오는 거니?"

노신사가 물었다.

"이 커다란 책은 뭐예요?"

어린왕자가 물었다.

"여기에서 뭘 하세요?"

"난 지리학자야."

노신사가 말했다.

"지리학자가 뭔데요?"

"바다, 강, 도시, 산, 그리고 사막이 어디에 있는지를 아는 사람이란다."

"그거 정말 재미있네요. 그거야말로 직업다운 직업이군요!"

이렇게 말하고 어린왕자는 지리학자의 별을 한번 휙 둘러 보았다. 그처럼 멋진 별을 그는 본 적이 없었다.

"할아버지 별은 참으로 아름답군요. 넓은 바다도 있나요?"

"나는 몰라."

지리학자가 말했다.

"그럼 도시와 강과 사막은요?"

"그것도 알 수 없다."

지리학자가 말했다.

"그렇지만 할아버진 지리학자잖아요!"

"그렇지."

지리학자가 말했다.

"하지만 난 탐험가가 아니야. 이 별엔 탐험가가 한 명도 없어. 도시나 강, 산, 바다, 대양, 사막을 세러 다니는 건 지리학자가 하는 일이 아니야. 지리학자는 아주 중요하니까 돌아다닐 수가 없는 거야. 책상 앞을 떠날 수가 없어. 서재에서 탐험가들을 만나는 거야. 그들에게 여러 가지 질문을 하여 그들의 기억을 기록하는 거야. 그들 중 어느 하나가 회상해 낸 게 흥미를 당기면, 지리학자는 그 탐험가의 정신 상태를 조사시키지."

"그건 왜죠?"

"탐험가가 거짓말을 하면 지리책에 커다란 이변이 일어나게 될 테니까. 남험가가 술을 너무 마셔도 그렇지."

"그건 왜요?"

어린왕자가 물었다.

"왜냐하면 술에 잔뜩 취한 사람에겐 모든 것이 둘로 보이기 때문이야. 그렇게 되면 지리학자는 실제로 산이 하나밖에 없는데 둘로 기록하게 될지도 모르잖아."

"그렇다면 탐험가로는 자격이 없는 사람을 한 명 알아요."

어린왕자가 말했다.

"그럴 수도 있지. 그래서 탐험가의 정신 상태가 올바르다고 생각되면 그가 발견한 것을 조사하는 거야."

"가 보나요?"

"아니야. 그건 너무 복잡해. 그 대신 탐험가에게 증거물을 내보이라고 요구하는 거야. 예를 들어 큰 산을 발견했다고 하면 커다란 돌멩이를 가져오라고 요구하는 거지."

지리학자가 갑자기 흥분을 했다.

"그런데, 넌 멀리서 왔지! 넌 탐험가야! 나에게 네 별에 대한 얘기를 해다오!"

그러더니 지리학자는 커다란 노트를 펴고 연필을 깎았다. 처음에는 탐험가들의 이야기를 연필로 적어 둔다. 탐험가가 증거를 가져오기를 기다려서 잉크로 적는 것이었다.

"그래서?" 지리학자가 기대에 차서 말했다.

"아, 내 별은 별로 흥미로울 게 없어요."

어린왕자가 말했다.

"아주 작거든요. 화산이 세 개 있지요. 두 개는 불타는 화산이고 하나는 불꺼진 화산이에요. 하지만 알 수 없는 일이죠."

"알 수 없는 일이지."

지리학자가 말했다.

"꽃도 하나 있지요."

"우린 꽃은 기록하지 않아."

지리학자가 말했다.

"그건 왜죠? 우리 별에선 제일 예쁜 건데요!"

"우린 꽃은 기록하지 않아."

지리학자가 말했다.

"꽃들은 일시적이니까."

"일시적이라는 게 무슨 뜻인가요?"

"불타는 화산이든 불꺼진 화산이든 우리에게는 마찬가지야."

지리학자가 말했다.

"우리에게 중요한 것은 산이야. 그건 변하지 않거든."

"그런데 일시적이라는 게 무슨 뜻이에요?"

한번 질문을 하면 결코 포기하지 않는 어린왕자가 되풀

이해서 물었다.

"그건 '곧 사라져 버릴 위험이 있다.'라는 뜻이야."

"내 꽃은 곧 사라져 버릴 위험이 있나요?"

"물론이지."

'내 꽃은 일시적이야.'라고 어린왕자는 생각했다.

'그런데 세상에 대항할 무기라고는 가시 네 개뿐이야. 그런데 그런 꽃을 혼자 내버려 두고 왔어!'

그것은 그가 처음으로 느끼는 후회의 감정이었다. 그러나 그는 다시 용기를 냈다.

"제가 지금 어느 곳을 가보는 게 좋을까요?"

그가 물었다.

"지구라는 별로 가 봐."

지리학자가 대답했다.

"그 별은 평판이 좋거든."

그래서 어린왕자는 자신의 꽃을 생각하며 길을 떠났다.

XV

The sixth planet was ten times bigger than the last. It was inhabited by an old gentleman who wrote enormous books.

"Ah here comes an explorer," he exclaimed when he caught sight of the little prince, who was feeling a little winded and sat down on the desk. He had already traveled so much and so far!

"Where do you come from?" the old gentleman asked him.

"What's that big book?" asked the little prince. "What do you do with it?"

"I'm a geographer," the old gentleman answered.

"And what's a geographer?"

"A scholar who knows where the seas, the rivers,

the cities, the mountains, and the deserts are."

"That is very interesting." the little prince said. Here at last is someone who has a real profession!" And he gazed around him at the geographer's planet. He had never seen a planet so majestic. "Your planet is very beautiful," he said. "Does it have any oceans?"

"I couldn't say," said the geographer.

"Oh!" The little prince was disappointed. "And mountains?"

"I couldn't say," said the geographer.

"And cities and rivers and deserts?"

"I couldn't tell you that, either," the geographer said. "But you're a geographer!"

"That's right," said the geographer, "but I'm not an explorer. There's not one explorer on my planet.

A geographer doesn't go out to describe cities, river, mountains, seas, oceans, and deserts. A geographer is too important to go wandering about. He never leaves his study. But he receives the explorers there. He questions them, and he writes down what they remember. And if the memories of one of the explorers seem interesting to him, then the geographer conducts an inquiry into that explorer's moral character."

"Why is that?"

"Because an explorer who told lies would cause disasters in the geography books. As would an explorer who drank too much."

"Why is that?" the little prince asked again.

"Because drunkards see double. And the geographer would write down two mountains where there was only one."

"I know someone," said the little prince, "who would be a bad explorer."

"Possibly. Well, when the explorer's moral character seems to be a good one, an investigation is made into his discovery."

"By going to see it?"

"No, that would be too complicated. But the

explorer is required to furnish proofs. For instance, if he claims to have discovered a large mountain, he is required to bring back large stones from it." The geographer suddenly grew excited. "But you come from far away! You're an explorer! You must describe your planet for me!"

And the geographer, having opened his logbook, sharpened his pencil. Explorer's reports are first recorded in pencil; ink is used only after proofs have been furnished.

"Well?" said the geographer expectantly.

"Oh, where I live," said the little prince, "It is not very interesting. It's so small. I have three volcanoes, two active and one extinct. But you never know."

"You never know," said the geographer.

"I also have a flower."

"We don't record flowers," the geographer said.

"Why not? It's the prettiest thing!"

"Because flowers are ephemeral."

"What does *ephemeral* mean?"

"Geographies," said the geographer, "are the finest books of all. They never go out of fashion. It is extremely rare for a mountain to change position. It is extremely rare for an ocean to be drained of its water. We write eternal things."

"But extinct volcanoes can come back to life," the little prince interrupted. "What does *ephemeral* mean?"

"Whether volcanoes are extinct or active comes down to the same thing for us," said the geographer. "For us what counts is the mountain. That doesn't change."

"But what does *ephemeral* mean?" repeated the little prince, who had never in all his life let go of a question once he had asked it.

"It means, 'to be threatened by imminent disappearance.'"

"Is my flower threatened by imminent disappearance?"

"Of course."

My flower is ephemeral, the little prince said to himself, *and she has only four thorns with which to defend herself against the world! And I've left her all alone where I live!*

That was his first impulse of regret. But he plucked up his courage again.

"Where would you advise me to visit?" he asked.

"The planet Earth," the geographer answered. "It has a good reputation."

And the little prince went on his way, thinking about his flower.

16

 그래서 일곱 번째 별은 지구였다. 지구는 평범한 별이 아니었다. 그곳에는 1백 11명의 왕(물론 흑인왕을 포함해서)과, 7천 명의 지리학자와 90만 명의 사업가, 7백 50만 명의 술꾼, 3억 1천 1백만 명의 허영심 많은 사람들, 다시 말해 약 20억 가량의 어른들이 살고 있다.
 지구가 얼마나 큰 곳인지를 가르쳐 주기 위해 나는 전기가 발명되기 전까지는 여섯 대륙을 통틀어 4십 6만 2천 5백 11명이나 되는 가로등 켜는 사람을 두어야 했다는 것을 말해야겠다.
 좀 떨어진 곳에서 보면 그건 대단한 광경이었다. 그들이 무리를 지어 움직이는 모습은 오페라의 발레단들처럼 질서정연했다. 맨 처음은 뉴질랜드와 오스트레일리아의 가로등 켜는 사람들의 차례였다. 그들이 등불을 켜고 잠을 자러 가면 중국과 시베리아의 가로등 켜는 사람들이 발레

무대에 나타났다. 그들 역시 무대 뒤로 사라지면 러시아와 인도의 가로등 켜는 사람들이 나타났다. 그 다음 번에는 아프리카와 유럽의 가로등 켜는 사람들, 그리고는 남아메리카의 가로등 켜는 사람들, 또 그 다음엔 북아메리카의 가로등 켜는 사람들이 차례로 나타났다. 그런데 그들은 결코 무대에 나타나는 순서를 틀리게 하는 법이 없었다. 그것은 대단한 광경이었다.

 단지, 북극의 하나밖에 없는 가로등 켜는 사람과 남극의 하나밖에 없는 그의 동료만이 한가하게, 그리고 무사태평으로 살고 있었다. 그들은 일 년에 두 번 일을 했다.

XVI

The seventh planet, then, was the Earth.

The Earth is not just another planet! It contains one hundred and eleven kings (including, of course, the African kings), seven thousand geographers, nine-hundred thousand businessmen, seven-and-a-half million drunkards, three-hundred-eleven million vain men; in other words, about two billion grown-ups.

To give you a notion of the Earth's dimension, I can tell you that before the invention of electricity, it was necessary to maintain, over the whole of six continents, a veritable army of four-hundred-sixty-two thousand, five hundred and eleven lamplighters.

Seen from some distance, this made a splendid effect. The movements of this army were ordered like those of a ballet. First came the turn of the lamplighters of New Zealand and Australia; then they, having lit their street lamps, would go home to sleep. Next it would be the turn of the lamplighters of China and Siberia to perform their steps in the lamplighters' ballet, and then they too would vanish into the wings. Then came the turn of the lamplighters of Russia and India. Then those of Africa and Europe. Then those of South America, and of North America. And they never missed their cues for their appearances onstage. It was awe-inspiring.

Only the lamplighter of the single street lamp at the North Pole and his colleague of the single street lamp at the South Pole led carefree, idle lives: They worked twice a year.

17

　재치를 부리다 보면 다소간 진실에서 멀어지는 수가 있다. 내가 여러분에게 말한 가로등 켜는 사람들에 대한 이야기는 아주 정직한 것은 못된다. 우리의 별을 잘 모르는 사람들에게 자칫하면 이 별에 대해 잘못된 생각을 가지게 할 수도 있을 이야기였다. 사람들이 지구 위에서 차지하는 자리란 매우 작은 공간이다. 지구에서 사는 20억의 사람들이 어떤 모임에서처럼 서서 좀 바싹 다가서 있다면 세로 20마일, 가로 20마일의 광장에 충분히 자리잡을 수 있을 것이다. 전 인류를 태평양의 작은 섬 한 곳에 몰아넣을 수도 있는 것이다.

　어른들은 물론, 이런 말을 하면 여러분 말을 믿지 않을 것이다.

　그들은 자신들이 굉장히 많은 공간을 차지한다고 생각한다. 그들은 자신들이 바오밥나무처럼 중요하다고 생각한다. 그러니까 여러분은 그들에게 계산을 해보라고 일러주어야 한다. 그들은 숫자를 좋아하니까 그들은 기뻐할 것이다. 그러나 여러분은 그 문제를 풀기 위해 시간을 낭비하지 말아라. 그것은 불필요한 일이다. 여러분이 내 말을 믿는다는 것을 난 알고 있다.

어린왕자가 지구에 도착했을 때, 그는 사람이라고는 전혀 보이지 않는 데 상당히 놀랐다. 그가 잘못해서 다른 별로 찾아온 게 아닌가 겁이 나 있을 때, 달빛 같은 황금색 고리가 모래 위에서 움직이는 것이 보였다.

"안녕."
어린왕자가 정중하게 말했다.
"안녕."
뱀이 말했다.
"지금 내가 도착한 곳이 무슨 별이지?"
어린왕자가 물었다.
"이곳은 지구야. 아프리카야."
뱀이 대답했다.
"아! 그런데, 지구에는 사람이 아무도 없니?"
"여긴 사막이야. 사막에는 아무도 없어. 지구는 거대하거든."

어린왕자는 사람이 아무도 없다는 것에 놀랐다.
The little prince was quite surprised not to see anyone.

뱀이 말했다.

어린왕자는 돌 위에 앉아 눈을 들어 하늘을 바라보았다.

"누구든 언제고 다시 자기 별을 찾아낼 수 있게 별들은 환히 불밝혀져 있는 건가 봐…… 내 별을 봐. 바로 우리 위에 있지. 그런데 어쩌면 저렇게 멀리 있을까!"

"아름답다."

뱀이 말했다.

"넌 여기에 뭘 하러 왔니?"

"난 어떤 꽃하고 약간의 문제점이 있었단다."

어린왕자가 말했다.

"그래!"

뱀이 말했다.

그리고 그들은 침묵을 지켰다.

"사람들은 어디에 있니?"

어린왕자가 마침내 다시 말을 걸었다.

"사막에는 조금 외롭구나……."

"사람들과 함께 있어도 외롭기는 마찬가지야."

뱀이 말했다.

어린왕자는 오랫동안 뱀을 뚫어지게 바라보았다.

"넌 재미있는 짐승이구나."

그가 마침내 말을 했다.

"넌 손가락처럼 가느다랗구나……."

"그러나 난 왕의 손가락보다 더 힘이 세단다."

뱀이 말했다.

어린왕자가 미소를 지었다.

"넌 힘이 세지 못해. 넌 발도 없고, 넌 여행할 수도 없잖아."

"난 그 어떤 배보다도 더 먼 곳으로 너를 데려다 줄 수 있어."

뱀이 말했다.

그는 어린왕자의 발목을 휘감으면서 말했다.

"내가 건드리는 사람은 자기가 태어난 땅으로 되돌아가게 되지."

뱀이 다시 말했다.

"하지만 넌 순진하고 또 별에서 왔으니까……."

어린왕자는 아무런 대답도 하지 않았다.

"네가 측은해 보이는구나. 그렇게 약한 몸으로 돌멩이 투성이의 지구 위에 있으니. 네 별 생각이 간절해지면 언젠가 내가 널 도와줄 수 있을 거야. 난……"

"그래! 잘 알았어."

"넌 재미있는 짐승이구나…… 넌 손가락처럼 가느다랗구나."
"You're a funny creature, no thicker than a finger."

어린왕자가 말했다.
"그런데 넌 왜 항상 수수께끼 같은 말만 하니?"
"난 그 모든 걸 풀 수 있어."
뱀이 말했다.
그리고는 그들 둘 다 침묵에 빠졌다.

XVII

Trying to be witty leads to lying, more or less. What I just told you about the lamplighters isn't completely true, and I risk giving a false idea of our planet to those who don't know it. Men occupy very little space on Earth. If the two billion inhabitants of the globe were to stand close together, as they might for some big public event, they would easily fit into a city block that was twenty miles long and twenty miles wide. You could crowd all humanity onto the smallest Pacific islet.

Grown-ups, of course, won't believe you. They're convinced they take up much more room. They consider themselves as important as the baobabs. So you should advise them to make their own calculations

—they love numbers, and they'll enjoy it. But don't waste your time on this extra task. It's unnecessary. Trust me.

So once he reached Earth, the little prince was quite surprised not to see anyone. He was beginning to fear he had come to the wrong planet, when a moon-colored loop uncoiled on the sand.

"Good evening," the little prince said, just in case.

"Good evening," said the snake.

"What planet have I landed on?" asked the little prince.

"On the planet Earth, in Africa," the snake replied.

"Ah!⋯ And are there no people on Earth?"

"It's the desert here. There are no people in the desert. Earth is very big," said the snake.

The little prince sat down on a rock and looked up into the sky.

"I wonder," he said. "If the stars are lit up so that each of us can find his own, someday. Look at my planet—it's just overhead. But so far away!"

"It's lovely," the snake said. "What have you come to Earth for?"

"I'm having difficulties with a flower," the little prince said.

"Ah!" said the snake.

And they were both silent.

"Where are the people?" The little prince finally resumed the conversation. "It's a little lonely in the desert…"

"It's also lonely with people," said the snake.

The little prince looked at the snake for a long time.

"You're a funny creature," he said at last, "no thicker than a finger."

"But I'm more powerful than a king's finger," the snake said.

The little prince smiled.

"You're not very powerful… You don't even have feet. You couldn't travel very far."

"I can take you further than a ship," the snake said.

He coiled around the little prince's ankle, like a golden bracelet. "Anyone I touch, I send back to the land from which he came," the snake went on. "But you're innocent, and you come from a star···"

The little prince made no reply.

"I feel sorry for you, being so weak on this granite earth," said the snake. "I can help you, someday, if you grow too homesick for your planet. I can—"

"Oh, I understand just what you mean," said the little prince, "but why do you always speak in riddles?"

"I solve them all," said the snake.

And they were both silent.

18

 어린왕자는 사막을 가로질러 갔다. 그러나 오직 꽃 한 송이만 만났을 뿐이었다. 세 장의 꽃잎을 가진 볼품이라고는 없는 꽃이었다.
 "안녕."
 어린왕자가 말했다.
 "안녕."
 꽃이 말했다.
 "사람들은 어디 있니?"
 어린왕자가 공손하게 물었다.
 그 꽃은 언젠가 대상이 지나가는 것을 본 적이 있었다.
 "사람들?"
 꽃이 말했다.
 "여섯 내지 일곱 명 정도 있는 것 같아. 여러 해 전에 그들을 보았어. 하지만 그들이 어디에 있는지는 모르겠어.

바람따라 다니거든. 그들에겐 뿌리가 없어. 그래서 무척 어렵게들 살고 있지."

"안녕."

어린왕자가 말했다.

"안녕."

꽃이 말했다.

XVIII

The little prince crossed the desert and encountered only one flower. A flower with three petals—a flower of no consequence···

"Good morning," said the little prince.

"Good morning," said the flower.

"Where are the people?" the little prince inquired politely. The flower had one day seen a caravan passing.

"People? There are six or seven of them, I believe, in existence. I caught sight of them years ago. But you never know where to find them. The wind blows them away. They have no roots, which hampers them a good deal."

"Good-bye," said the little prince.

"Good-bye," said the flower.

19

그 다음, 어린왕자는 높은 산 위로 올랐다. 그가 알고 있는 산이라고는 그의 무릎 높이의 세 개의 화산밖에 없었다. 그런데 그는 불꺼진 화산을 의자로 사용하곤 했다. (이렇게 높은 산에서는) 그는 생각했다. '이 별과 사람들 모두를 한 눈에 볼 수 있을 거야……'

그러나 보이는 것이라고는 바늘 끝처럼 뾰족한 산봉우리뿐이었다.

"안녕."

그가 정중하게 말했다.

"안녕, 안녕, 안녕."

메아리가 대답했다.

"넌 누구니?"

어린왕자가 말했다.

"넌 누구니, 넌 누구니, 넌 누구니……"

이 별은 메마르고 뾰족뾰족하군.
What a peculiar planet! It's all dry and sharp and hard.

메아리가 대답했다.
"내 친구가 되어 줘. 난 외로워."
그가 말했다.
"난 외로워. 외로워. 외로워."
메아리가 대답했다.
'참으로 이상한 별이구나!'
그는 생각했다.
'아주 메마르고 아주 뾰족하고 아주 거칠고 험상궂은 곳이야. 게다가 사람들은 상상력이 없어. 남이 하는 말만 되풀이하고…… 나의 별에는 꽃이 하나 있었지. 그 꽃은 항상 먼저 말을 걸었어……'

XIX

The little prince climbed a high mountain. The only mountains he had ever known were the three volcanoes, which came up to his knee. And he used the extinct volcano as a footstool. *From a mountain as high as this one,* he said to himself, *I'll get a view of the whole planet and all the people on it*⋯ But he saw nothing but rocky peaks as sharp as needles.

"Hello," he said, just in case.

"Hello⋯ hello⋯ hello⋯," the echo answered.

"Who are you?" asked the little prince.

"Who are you⋯ who are you⋯ who are you⋯," the echo answered.

"Let's be friends. I'm lonely," he said.

"I'm lonely⋯ I'm lonely⋯ I'm lonely⋯," the

echo answered.

What a peculiar planet! he thought. *It's all dry and sharp and hard. And people here have no imagination. They repeat whatever you say to them. Where I live I had a flower: She always spoke first…*

20

 그러나 어린왕자는 오랫동안 모래와 바위와 눈을 걸어 다닌 끝에 드디어 길을 하나 찾아냈다. 그런데 모든 길은 사람들 있는 곳으로 통하는 법이다.
 "안녕."
 그가 말했다.
 그는 장미꽃이 활짝 핀 뜰 앞에 서 있었다.
 "안녕."
 장미꽃들이 말했다.
 어린왕자는 그들을 바라보았다. 그들은 모두 그의 꽃과 비슷해 보였다.
 "너희들은 누구니?"
 어린왕자는 깜짝 놀라서 물었다.
 "우리들은 장미꽃들이야."
 그러자 어린왕자는 슬픔에 사로잡혔다. 그의 꽃은 그에

게 자기와 같은 꽃은 오직 하나뿐이라고 말했었다. 그런데 정원 가득히 그와 똑같은 꽃들이 5천 송이나 있지 않은가!

'내 꽃이 이걸 보면 매우 괴로워할 거야.' 하고 어린왕자는 생각했다. '창피스러운 모습을 보이지 않으려고 기침을 지독스럽게 하면서 죽는 시늉을 하겠지. 그러면 난 간호해 주는 척하지 않을 수 없겠지. 그렇지 않으면 나에게 죄책감을 느끼게 하려고 정말 죽을지도 몰라……'

그런 다음 그는 이렇게 생각했다. '난 이 세상에서 유일한 꽃을 가졌으니 부자인 줄 알았어. 내가 가진 건 그저 평범한 한 송이 장미에 불과해. 평범한 꽃 한 송이와 무릎 높이의 화산 세 개…… 그것도 하나는 영원히 불이 꺼져 버

렸을지도 모르는데, 그것으로는 내가 위대한 왕자가 되지 못해…….'

그래서 그는 풀밭에 엎드려 울었다.

그래서 그는 풀밭에 엎드려 울었다.
And he lay down in the grass and wept.

XX

But it so happened that the little prince, having walked a long time through sand and rocks and snow, finally discovered a road. And all roads go to where there are people.

"Good morning," he said.

It was a blossoming rose garden.

"Good morning," said the roses.

The little prince gazed at them. All of them looked like his flower.

"Who are you?" he asked, astounded.

"We're roses," the roses said.

"Ah!" said the little prince.

And he felt very unhappy. His flower had told him she was the only one of her kind in the whole universe. And here were five thousand of them, all just alike, in just one garden!

She would be very annoyed, he said to himself, *if she saw this··· She would cough terribly and pretend to be dying, to avoid being laughed at. And I'd have to pretend to be nursing her; otherwise, she'd really let herself die in order to humiliate me.*

And then he said to himself, 'I thought I was rich because I had just one flower, and all I own is an ordinary rose. That and my three volcanoes, which come up to my knee, one of which may be permanently extinct. It doesn't make me much of a prince···' And he lay down in the grass and wept.

21

여우가 나타난 것은 그때였다.
"안녕."
여우가 말했다.
"안녕."
어린왕자는 공손하게 대답을 하고 몸을 돌렸으나 그는 아무것도 보지 못했다.
"난 여기에 있어."
그 목소리가 말했다.
"사과나무 밑에."
"넌 누구니?"
어린왕자가 물었다 그리고는 덧붙여서 말했다.
"넌 참 예뻐 보이는구나."
"난 여우야."
여우가 말했다.

"이리 와서 나하고 놀자."
어린왕자가 제의했다.
"난 정말 슬프단다."
"난 너랑 놀 수 없어."
여우가 말했다.
"난 길들여져 있지 않거든."
"아! 미안해."
어린왕자가 말했다.
그러나 잠깐 생각해 본 후에 그는 다시 말했다.
" '길들인다' 는 게 뭐니?"
"넌 여기에서 살지 않는구나."

여우가 말했다.

"넌 뭘 찾고 있니?"

"난 사람들을 찾고 있어."

어린왕자가 말했다.

"'길들인다' 는 게 뭐니?"

"사람들은."

여우가 말했다.

"그들은 총을 가지고 사냥을 해. 그게 참 불안한 일이야. 그들은 병아리도 길러. 그게 그들의 유일한 관심사야. 넌 병아리를 찾고 있니?"

"아니야."

어린왕자가 말했다.

"난 친구를 찾고 있어. '길들인다' 는 게 뭐니?"

"사람들은 그걸 너무 무시하고 있어."

여우가 말했다.

"그건 '관계를 맺는다' 라는 뜻이야."

"관계를 맺는다고?"
"물론 그렇지."
여우가 말했다.
"넌 아직 나에게는 다른 수많은 꼬마들과 다를 바 없는 한 꼬마에 불과해. 그러니 나에겐 네가 필요없어. 또한 너에게도 내가 필요없겠지. 난 너에겐 수많은 다른 여우와 똑같은 한 마리 여우에 지나지 않아. 하지만 네가 나를 길들인다면 우리는 서로를 필요로 하게 되지. 너는 나에게 이 세상에서 하나뿐인 존재가 될 거고……."
"이제 좀 이해하겠어."
어린왕자가 말했다.
"꽃 한 송이가 있는데…… 난 그 꽃이 나를 길들였다고 생각해……."
"그럴 수도 있지."
여우가 말했다.
"지구에는 온갖 일들이 다 있으니까."
"오, 그러나 이건 지구에서의 일이 아니야."
어린왕자가 말했다.
여우는 어리둥절했다. 그리고 몹시 궁금한 표정을 지었다.
"다른 별에서?"

"그래."

"그 별엔 사냥꾼들이 있니?"

"아니."

"야, 그것 참 재미있구나. 병아리는 있니?"

"없어."

"완전한 건 아무것도 없군."

여우는 한숨을 내쉬었다. 그러나 여우는 그의 생각으로 말머리를 돌렸다.

"내 생활은 너무 단조롭단다."

여우가 말했다.

"난 병아리를 사냥하고 사람들은 날 사냥해. 모든 병아리는 모두 똑같고 사람들도 모두 똑같아. 그래서 약간 심심해. 그러나 만일 네가 날 길들인다면, 마치 태양이 떠오르듯 내 생활은 환해질 거야. 나는 다른 모든 발자국 소리와 구별되는 발자국 소리를 알게 될 거야. 다른 발자국 소리는 나를 땅 속으로 들어가게 하지만 너의 발자국 소리는 음악 소리처럼 나를 굴 밖으로 불러낼 거야. 그리고 저길 봐. 저기 밀밭이 보이지? 난 빵은 안 먹어. 밀은 나에게 아무런 소용이 없어. 밀밭은 나에게 아무것도 생각나게 하지 않아. 그래서 슬픈 거야. 그러나 넌 금빛 머리칼을 가졌어.

그러니까 네가 날 길들이게 된다면 얼마나 근사하겠어! 밀 역시 금빛이니까 나에게 너를 생각나게 할 거야. 그러면 난 밀밭에서 부는 바람 소리를 사랑하게 될 거야……."

여우는 오랫동안 어린왕자를 쳐다보았다.

"제발…… 나를 길들여 줘!"

그는 말했다.

"나도 정말 그러고 싶어."

어린왕자가 대답했다.

"그러나 나에겐 시간이 많지 않아. 난 친구를 찾아야 하고 알아볼 일도 많거든."

"우린 우리가 길들이는 것만을 알 수 있는 거야."

여우가 말했다.

"사람들은 이제 아무것도 알 시간이 없어. 그들은 가게에서 이미 만들어져 있는 물건들을 사거든. 그러나 친구를 파는 가게는 아무 곳에도 없어. 그래서 사람들은 더 이상 친구가 없는 거야. 네가 친구를 원한다면 날 길들여 줘."

"너를 길들이려면 어떻게 해야 하는 거니?"

어린왕자가 물었다.

"넌 참을성이 아주 많아야 해."

여우가 대답했다.

"우선 나에게 약간 떨어져서 그렇게 풀밭에 앉아 있어. 난 곁눈질로 널 볼 테야. 그리고 아무 말도 하지 마. 말은 오해의 근원이야. 그리고 날마다 넌 조금씩 더 가까이 다가 앉는 거야……."

그 다음날 어린왕자가 다시 왔다.

"같은 시각에 오는 것이 더 좋을 텐데."

여우가 말했다.

"예를 들어, 만약 네가 오후 4시에 온다면, 난 3시부터 행복해지기 시작할 거야. 난 시간이 갈수록 더더욱 행복을 느낄 거야. 4시가 되면 이미 흥분되어 안절부절 못할 거야. 그래서 넌 내가 얼마나 행복한지를 보게 되겠지! 그러나 네가 아무 때나 온다면 난 몇 시에 널 맞이할 마음의 준비를 갖춰야 하는지 모르잖아…… 올바른 의식이 필요하거든……."

"의식이 뭐야?"

어린왕자가 물었다.

"그것도 사람들은 흔히 무시하고 있지."

여우가 말했다.

"그건 어느 하루를 다른 날과 다르게, 어느 시간을 다른 시간과 다르게 만드는 것이야. 예를 들면, 내가 아는 사냥꾼들에게도 의식이 있어. 매주 목요일이 되면 그들은 마을 처녀들과 춤을 추지. 그래서 목요일은 내게 신나는 날이야! 난 포도밭까지 먼 거리를 산보할 수도 있거든. 그러나 만일 사냥꾼들이 아무 때나 춤을 춘다면, 모든 날들이 다른 날과 마찬가지가 되거든. 그렇게 되면 난 하루도 휴가가 없게 될 거야."

그래서 어린왕자는 여우를 길들였다. 떠날 시간이 가까워졌을 때, "아, 난 울고 싶어." 하고 여우가 말했다.

"그건 네 잘못이야."

어린왕자가 말했다.

"난 너를 괴롭힐 생각은 전혀 없었어. 그런데 네가 나에게 길들여 달라고 했잖아."

"그래, 그건 그래."

여우가 말했다.

"그러니 넌 잘된 게 아무것도 없잖아!"

"잘된 게 있지. 밀밭의 색깔 때문이야."

여우가 말했다.

잠시 후 그가 덧붙여 말했다.

"장미꽃들을 다시 가서 봐. 네 꽃이 이 세상에서 단 하나밖에 없다는 걸 넌 알게 될 거야. 그리고 내게 돌아와 작별 인사를 해줘. 그러면 난 너에게 하나의 비밀을 선물할게."

　어린왕자는 장미꽃을 다시 보기 위해서 갔다.
　"너희들은 나의 장미와 결코 같지 않아."
　그가 말했다.
　"너희들은 아직 아무것도 아니야. 아무도 너희들을 길들이지 않았고, 너희들 역시 그 누구도 길들이지 않았어. 너희들은 예전에 길들이기 전의 내 여우와 같아. 그는 다른 수많은 여우와 똑같은 여우에 불과했었지. 그러나 내가 그를 나의 친구로 만들었거든. 그래서 이제 그는 세상에 오직 하나뿐인 여우야."
　그러나 장미꽃들은 무척 당황을 했다.
　"너희들은 아름다워. 그러나 너희들은 텅 비어 있어."
　그는 계속 말했다.
　"너희들을 위해 죽을 사람은 하나도 없을 거야. 물론 지나가는 사람들은 내 꽃이 너희들과 비슷하다고 생각하겠지. 하지만 그 꽃 한 송이가 내겐 너희들 모두보다도 더 소중해. 내가 물을 주었기 때문이야. 내가 유리 덮개로 덮어 주었기 때문이야. 내가 바람막이로 보호해 주었기 때문이야. 내가 쐐기벌레를 잡아준 것(나비가 되도록 하기 위해서

"만약 네가 오후 4시에 온다면, 난 3시부터 행복해지기 시작할 거야."

"If you come at four in the afternooon, I'll begin to be happy by three."

두세 마리 남겨둔 것을 제외하고)도 그 꽃이기 때문이야. 불평을 하거나 뽐내거나 때로는 아무런 말 없이 침묵을 지키는 것을 내가 들어준 것도 그 꽃이기 때문이야. 그 꽃은 나의 장미이기 때문이지."

그리고 그는 여우를 만나기 위해 돌아갔다.
"안녕."
그가 말했다.
"안녕."
여우가 말했다.
"내 비밀은 이런 거야. 매우 간단한 비밀이지. 그것은 오로지 마음으로 보아야만 정확하게 볼 수 있다는 거야. 본질적인 것은 눈에는 보이지 않거든."
"본질적인 것은 눈에는 보이지 않는다."
확실히 기억하기 위해 어린왕자가 되풀이했다.
"네 장미꽃들을 그렇게 소중하게 만든 것은 너의 장미꽃을 위해 네가 소비한 시간이야."
"내가 나의 장미꽃을 위해 소비한 시간이다······."
확실히 기억하기 위해 어린왕자가 말했다.
"사람들은 이런 진리를 잊어버렸어."

여우가 말했다.

"하지만 넌 그것을 잊어서는 안 돼. 넌 네가 길들인 것에 대해 언제까지나 책임을 져야 하는 거야. 넌 네 장미꽃에 대해 책임이 있어……."

"난 나의 장미꽃에 대해 책임을 져야 해."

확실히 기억하기 위해 어린왕자가 되풀이했다.

XXI

It was then that the fox appeared.

"Good morning," said the fox.

"Good morning," the little prince answered politely, though when he turned around he saw nothing.

"I'm here," the voice said, "Under the apple tree."

"Who are you?" the little prince asked. "You're very pretty…"

"I'm a fox," the fox said.

"Come and play with me," the little prince proposed. "I'm feeling so sad."

"I can't play with you," the fox said. "I'm not tamed."

"Ah! Excuse me," said the little prince. But upon reflection he added, "What does *tamed* mean?"

"You're not from around here," the fox said. "What

are you looking for?"

"I'm looking for people," said the little prince. "What does *tamed* mean?"

"People," said the fox, "have guns and they hunt. It's quite troublesome. And they also raise chickens. That's the only interesting thing about them. Are you looking for chickens?"

"No," said the little prince, "I'm looking for friends. What does *tamed* mean?"

"It's something that's been too often neglected. It means, 'to create ties'···"

"'To create ties'?"

"That's right," the fox said. "For me you're only a little boy just like a hundred thousand other little boys. And I have no need of you. And you have no need of me, either. For you I'm only a fox like a hundred thousand other foxes. But if you tame me, we'll need each other. You'll be the only boy in the world for me. I'll be the only fox in the world for you···"

"I'm beginning to understand," the little prince said. "There's a flower⋯ I think she's tamed me⋯"

"Possibly," the fox said. "On Earth, one sees all kinds of things."

"Oh, this isn't on Earth," the little prince said.

The fox seemed quite intrigued. "On another planet?"

"Yes."

"Are there hunters on that planet?"

"No."

"Now that's interesting. And chickens?"

"No."

"Nothing's perfect," sighed the fox. But he returned to his idea. "My life is monotonous. I hunt chickens; people hunt me. All chickens are just alike, and all men are just alike. So I'm rather bored. But if you tame me, my life will be filled with sunshine. I'll know the sound of footsteps that will be different from all the rest. Other footsteps send me back underground. Yours will call me out of my burrow like music. And then, Look! You see the wheat fields over there? I don't eat bread. For me wheat is of no use whatever. Wheat fields say nothing to me, which is sad. But you have hair the color of gold. So it will be wonderful, once you've tamed me! The wheat, which is golden, will remind me of you. And I'll love the sound of the wind in the wheat···"

The fox fell silent and stared at the little prince for a long while. "Please··· tame me!" he said.

"I'd like to," the little prince replied, "but I haven't much time. I have friends to find and so many things to learn."

"The only things you learn are the things you tame," said the fox. "People haven't time to learn anything. They buy things ready-made in stores. But since there are no stores where you can buy friends, people no longer have friends. If you want a friend, tame me!"

"What do I have to do?" asked the little prince.

"You have to be very patient," the fox answered.

"First you'll sit down a little ways away from me, over there, in the grass. I'll watch you out of the corner of my eye, and you won't say anything. Language is the source of misunderstandings. But day by day, you'll be able to sit a little closer⋯"

The next day the little prince returned.

"It would have been better to return at the same time," the fox said. "For instance, if you come at four in the afternoon, I'll begin to be happy by three. The closer it gets to four, the happier I'll feel. By four I'll be all excited and worried; I'll discover what it costs to be happy! But if you come at any old time, I'll never know when I should prepare heart⋯ There must be rites."

"What's a *rite*?" asked the little prince.

"That's another thing that's been too often neglected," said the fox. "It's the fact that one day is different from the other days, one hour from the other hours. My hunters, for example, have a rite. They dance with the village girls on Thursdays. So

Thursday's a wonderful day: I can take a stroll all the way to the vineyards. If the hunters danced whenever they chose, the days would all be just alike, and I'd have no holiday at all."

That was how the little prince tamed the fox. And when the time to leave was near:

"Ah!" the fox said. "I shall weep."

"It's your own fault," the little prince said. "I never wanted to do you any harm, but you insisted that I tame you···"

"Yes, of course," the fox said.

"But you're going to weep!" said the little prince.

"Yes, of course," the fox said.

"Then you get nothing out of it?"

"I get something," the fox said, "because of the color of the wheat." Then he added, "Go look at the roses again. You'll understand that yours is the only rose in all the world. Then come back to say goodbye, and I'll make you the gift of a secret."

The little prince went to look at the roses again.

"You're not at all like my rose. You're nothing at all yet," he told them. "No one has tamed you and you haven't tamed anyone. You're the way my fox was. He was just a fox like a hundred thousand others. But I've made him my friend, and now he's the only fox in all the world."

And the roses were humbled.

"You're lovely, but you're empty," he went on. "One couldn't die for you. Of course, an ordinary passerby would think my rose looked just like you. But my rose, all on her own, is more important than all of you together, since she's the one I've watered. Since she's the one I put under glass. Since she's the one I sheltered behind a screen. Since she's the one for whom I killed the caterpillars (except the two or three for butterflies). Since she's the one I listened to when she complained, or when she boasted, or even sometimes when she said nothing at all. Since she's *my* rose."

And he went back to the fox.

"Good-bye," he said.

"Good-bye," said the fox. "Here is my secret. It's quite simple: One sees clearly only with the heart. Anything essential is invisible to the eyes."

"Anything essential is invisible to the eyes," the little prince repeated, in order to remember.

"It's the time I spent on your rose that makes your rose so important."

"It's the time you spent on my rose…," the little prince repeated, in order to remember.

"People have forgotten this truth," the fox said. "But you mustn't forget it. You become responsible forever for what you've tamed. You're responsible for your rose…"

"I'm responsible for my rose…," the little prince repeated, in order to remember.

22

"안녕."
어린 왕자가 말했다.
"안녕."
철도원이 말했다.
"여기서 뭘 하고 있나요?"
어린 왕자가 물었다.
"여행자들을 한꺼번에 1천여 명씩 가려내고 있지."
철도원이 말했다.
"여행자들을 싣고 가는 기차를 때로는 오른쪽으로 보내기도 하고 때로는 왼쪽으로 보내기도 하지."
환하게 불을 켠 급행열차 한 대가 천둥치는 소리를 내며 철도원의 조종실을 뒤흔들었다.
"저 사람들은 매우 바쁘군요."

어린왕자가 말했다.

"그들은 뭘 찾고 있나요?"

"기관사도 그건 몰라."

철도원이 말했다.

그러자 반대 방향에서 불을 밝힌 두 번째 급행열차가 우렁찬 소리를 냈다.

"그들이 벌써 돌아오는 건가요?"

어린왕자가 물었다.

"같은 사람들이 아니란다."

철도원이 말했다.

"서로 엇갈리는 거야."

"그들이 있던 곳에서 만족하지 않았나 보지요?"

어린왕자가 물었다.

"자기가 있는 곳에서 만족해 하는 사람은 하나도 없단다."

철도원이 말했다.

그러자 불을 환하게 밝힌 세 번째 급행열차가 우렁찬 소리를 냈다.

"저들은 첫 번째 여행자들을 쫓아가고 있는 건가요?"

어린왕자가 물었다.

"그들은 아무것도 쫓아가는 것이 아니란다."

철도원이 말했다.

"그들은 저 속에서 잠을 자거나 잠자지 않으면 하품을 하고 있는 거야. 단지 어린 아이들만이 그들의 코를 유리창에 납작하게 붙이고 있을 뿐이란다."

"어린 아이들만이 자신이 무얼 찾고 있는지를 알고 있어요."

어린왕자가 말했다.

"그들은 누더기 인형 때문에 그들의 시간을 소비하지요. 그리고 인형은 그들에게 매우 소중하게 되지요. 그래서 만일 누군가 그들로부터 인형을 빼앗아가면 어린 아이들은 울어요……."

"아이들은 행복하군."

철도원이 말했다.

XXII

"Good morning," said the little prince.

"Good morning," said the railway switchman.

"What is it that you do here?" asked the little prince.

"I sort the travelers into bundles of a thousand," the switchman said. "I dispatch the trains that carry them, sometimes to the right, sometimes to the left."

And a brightly lit express train, roaring like thunder, shook the switchman's cabin.

"What a hurry they're in," said the little prince. "What are they looking for?"

"Not even the engineer on the locomotive knows," the switchman said.

And another brightly lit express train thundered by

in the opposite direction.

"Are they coming back already?" asked the little prince.

"It's not the same ones, "the switchman said. "It's an exchange."

"They weren't satisfied, where they were?" asked the litte prince.

"No one is ever satisfied where he is," the switchman said.

And a third brightly lit express train thundered past.

"Are they chasing the first travelers?" asked the little prince.

"They're not chasing anything," the switchman said. They're sleeping in there, or else they're yawning. Only the children are pressing their noses against the windowpanes."

"Only the children know what they're looking for," said the little prince. "They spend their time on a rag doll and it becomes very important, and if it's taken away from them, they cry…"

"They're lucky," the switchman said.

23

"안녕."
어린왕자가 말했다.
"안녕."
장사꾼이 말했다.
그는 갈증을 가라앉혀 주는 알약을 파는 장사꾼이었다. 일주일에 한 알씩 먹으면 아무것도 마시고 싶지 않게 되는 것이다.
"아저씨는 왜 그런 걸 팔지요?"
어린왕자가 물었다.
"시간을 굉장히 절약시켜주기 때문이야."
장사꾼이 말했다.
"전문가들이 계산을 해보았어. 이 약이 있으면 일주일에 53분씩 절약이 되거든."
"그러면 그 53분으로 뭘 하나요?"

 '나 같으면,' 어린왕자는 생각했다. '나에게 마음대로 사용할 53분이 있다면, 난 신선한 물이 있는 샘으로 천천히 걸어갈 텐데.'

XXIII

"Good morning," said the little prince.

"Good morning," said the salesclerk. This was a salesclerk who sold pills invented to quench thirst. Swallow one a week and you no longer feel any need to drink.

"Why do you sell these pills?"

"They save so much time," the salesclerk said. "Experts have calculated that you can save fifty-three minutes a week."

"And what do you do with those fifty-three minutes?"

"Whatever you like."

"If I had fifty-three minutes to spend as I liked," the little prince said to himself, "I'd walk very slowly toward a water fountain…"

24

사막에서 비행기 사고를 일으킨 지 8일째 되는 날이었다. 나는 저장해 두었던 물의 마지막 방울을 마시면서 장사꾼에 대한 이야기를 들었다.

나는 어린왕자에게 말했다.

"너의 이러한 기억들은 매우 아름답구나. 하지만 난 아직 내 비행기를 고치지 못했어. 난 마실 물이 더 이상 없어. 신선한 물이 있는 샘으로 천천히 걸어갈 수만 있다면 얼마나 행복할까!"

"내 친구 여우는……."

어린왕자가 나에게 말했다.

"꼬마 친구야, 이건 여우와는 아무것도 관계가 없는 일이야."

그는 내 말을 알아듣지 못하고 나에게 이렇게 대답했다.

"죽게 되었을지라도 한 친구를 가진 것은 좋은 일이야.

난 여우 친구가 있다는 게 매우 기뻐······."

'위험이 어느 정도인지 알아차리지 못하는군.'

나는 생각했다.

'그는 결코 배고픔이나 갈증을 느끼지 않아. 약간의 햇빛만 있으면 그에겐 충분한 거야······.'

그런데 그가 나를 바라보더니 내 생각을 아는 듯 이렇게 대답했다.

"나도 역시 목이 말라. 우물을 찾으러 가자······."

나는 피곤하다는 몸짓을 했다. 광활한 사막에서 무턱대고 우물을 찾는 것은 당치도 않은 소리이다. 그럼에도 불구하고 우리는 걷기 시작했다.

우리가 몇 시간 동안 침묵을 지키며 터덜터덜 걷다 보니 밤이 되었고 별들이 나타나기 시작했다. 나는 갈증으로 인해 약간 열이 났다. 그래서 마치 꿈속에서처럼 그것들을 바라보았다. 어린왕자의 마지막 말이 내 기억 속에서 춤을 추고 있었다.

"너도 목이 마르니?"

내가 물었다.

그러나 그는 나의 질문에 대답하지 않았다. 그는 단지 나에게 이렇게 말했다.

"물은 마음을 위해서도 좋을 수 있는데……."

나는 그의 대답을 이해하지 못했다. 그러나 아무 말도 하지 않았다. 그에게 질문하는 것이 소용없다는 것을 나는 너무도 잘 알고 있었다.

그는 지쳐 버렸다. 그는 앉았다. 나도 그의 곁에 앉았다. 그러자 잠시 침묵을 지킨 후 그가 다시 말했다.

"별들은 아름다워. 보이지 않는 한 송이 꽃 때문이야."

나는 대답했다.

"그렇지. 그건 그래."

그러고는 더 이상 아무 말 없이, 달빛을 받고 있는 주름진 모래 언덕을 바라보았다.

"사막은 아름다워."

어린왕자가 덧붙여 말했다.

그것은 사실이었다. 나는 언제나 사막을 사랑해 왔다. 모래 언덕에 앉아 있으면 아무것도 보이지 않고 아무런 소리도 들리지 않는다. 그러나 침묵을 뚫고 무엇인가 빛나는 것이, 움직이는 것이 있다…….

"사막이 아름다운 것은 그것이 어딘가에 우물을 감추고 있기 때문이야……."

어린왕자가 말했다.

나는 모래 속의 신비로운 빛남이 무엇인지를 갑자기 깨달은 데 대해 놀랐다. 내가 어렸을 적에 나는 낡은 집에서 살았다. 그런데 들려오는 전설에 의하면 그 집에는 보물이 묻혀 있다는 것이었다. 물론 그 누구도 보물을 발견할 방법을 몰랐다. 그것을 찾으려고 한 사람도 아마 없었을 것이다. 그러나 보물 이야기 때문에 그 집은 매력이 넘쳐 있었다. 나의 집은 가슴 깊숙한 곳에 비밀을 숨기고 있었다…….

"그래."

나는 어린왕자에게 말했다.

"집이든, 별이든, 사막이든, 그것들을 아름답게 하는 것은 보이지 않는 어떤 것이야!"

"난 기뻐."

그가 말했다.

"아저씨가 내 친구 여우와 의견이 같아서."

어린왕자가 잠에 빠져들었으므로 나는 그를 팔에 안고 다시 걷기 시작했다. 나는 깊은 감동을 느꼈다. 나는 연약한 보물을 안고 가는 느낌이었다. 마치 이 지구에는 그보다 더 연약한 게 없는 듯한 느낌이 들었다. 창백한 이마, 감겨 있는 눈, 바람에 휘날리는 머리카락을 달빛에 비춰

보며 나는 생각했다.

'내가 여기 보고 있는 건 껍질에 불과해. 가장 중요한 것은 보이지 않아.'

그의 반쯤 열린 입이 빙그레 미소를 띠웠으므로 나는 또 생각했다.

'이 잠든 왕자가 정말 나를 감동시키는 것은 꽃 한 송이에 대한 그의 충성, 그가 잠들어 있을 때에도 램프의 불꽃처럼 그의 마음 속에서 빛나고 있는 한 송이 장미꽃의 모습이야."

그러자 그가 더욱 연약한 존재로 생각되었다. 나는 그를 보호해 주어야 한다고 생각했다.

마치 한 줄기 바람에도 꺼질 수 있는 램프의 불처럼……. 그리하여 그렇게 걸어가다가 동이 틀 무렵 나는 우물을 발견했다.

XXIV

It was now the eighth day since my crash landing in the desert, and I'd listened to the story about the salesclerk as I was drinking the last drop of my water supply.

"Ah," I said to the little prince, "your memories are very pleasant, but I haven't yet repaired my plane. I have nothing left to drink, and I, too, would be glad to walk very slowly toward a water fountain!"

"My friend the fox told me—"

"Little fellow, this has nothing to do with the fox!"

"Why?"

"Because we're going to die of thirst."

The little prince didn't follow my reasoning, and answered me, "It's good to have had a friend, even if you're going to die. Myself, I'm very glad to have had a fox for a friend."

He doesn't realize the danger, I said to my self. *He's never hungry or thirsty. A little sunlight is enough for him…*

But the little prince looked at me and answered my thought. "I'm thirsty, too… Let's find a well…"

I made an exasperated gesture. It is absurd looking for a well, at random, in the vastness of the desert. But even so, we started walking.

When we had walked for several hours in silence, night fell and stars began to appear. I noticed them as in a dream, being somewhat feverish on account of my thirst. The little prince's words danced in my memory.

"So you're thirsty, too?" I asked.

But he didn't answer my question. He merely said to me, "Water can also be good for the heart…"

I didn't understand his answer, but I said nothing….

I knew by this time that it was no use questioning him.

He was tired. He sat down. I sat down next to him. And after a silence, he spoke again. "The stars are beautiful because of a flower you don't see···"

I answered, "Yes, of course," and without speaking another word I stared at the ridges of sand in the moonlight.

"The desert is beautiful," the little prince added.

And it was true. I've always loved the desert. You sit down on a sand dune. You see nothing. You hear nothing. And yet something shines, something sings in that silence···

"What makes the desert beautiful," the little prince said, "is that it hides a well somewhere···"

I was surprised by suddenly understanding that mysterious radiance of the sands. When I was a little boy I lived in an old house, and there was a legend that a treasure was buried in it somewhere. Of course, no one was ever able to find the treasure, perhaps no one even searched. But it cast a spell over that whole house. My house hid a secret in the depths of its heart⋯.

"Yes," I said to the little prince, "whether it's a house or the stars or the desert, what makes them beautiful is invisible!"

"I'm glad," he said, "you agree with my fox."

As the little prince was falling asleep, I picked him up in my arms, and started walking again. I was moved. It was as if I was carrying a fragile treasure. It actually seemed to me there was nothing more fragile on Earth. By the light of the moon, I gazed at that pale forehead, those closed eyes, those locks of hair trembling in the wind, and I said to myself, *What I'm looking at is only a shell. What's most important is invisible⋯*

As his lips parted in a half smile, I said to myself, again. *What moves me so deeply about this sleeping little prince is his loyalty to a flower—the image of a rose shining within him like the flame within a lamp,*

even when he's asleep··· And I realized he was even more fragile than I had thought. Lamps must be protected: A gust of wind can blow them out···.

And walking on like that, I found the well at daybreak.

25

"사람들이란."

어린왕자가 말했다.

"급행열차를 타고 떠나면서도 그들이 찾으러 가는 게 뭔지도 몰라. 그래서 그들은 서두르고 초조해 하며 제자리에서 맴도는 거야."

그리고 그는 덧붙여 말했다.

"그럴 필요가 없는데……."

우리가 발견한 우물은 사하라 사막의 우물과는 달랐다. 사하라의 우물은 그저 모래에 파놓은 구멍과 같은 것이다. 그런데 이 우물은 마을에 있는 우물과 같았다. 그러나 이곳에 마을은 없었다.

그래서 나는 꿈을 꾸는 게 아닌가 하고 생각했다.

"이상한데."

나는 어린왕자에게 말했다.

"모든 게 다 준비되어 있잖아. 도르래, 두레박, 밧줄…."

그는 웃으면서 밧줄을 잡고 도르래를 움직였다. 그러자 도르래는 오랫동안 바람이 불지 않아 녹이 슨 낡은 풍차가 삐걱거리듯 움직였다.

"들리지?"

어린왕자가 말했다.

"우리가 우물을 깨운 거야. 그래서 우물이 노래를 하는 거야……."

나는 그에게 밧줄을 잡는 힘든 일을 시키고 싶지 않았다.

"내가 할게."

나는 말했다.

"너에겐 너무 무거워."

나는 두레박을 천천히 우물 가장자리로 들어올렸다. 그리고 돌 위에 올려놓았다. 나는 피곤하면서도 행복했다. 나의 귀에는 도르래의 노랫소리가 아직도 들려왔고 아직도 출렁이는 물 속에서는 햇살이 가물거리는 것이 보였다.

"난 이 물을 마시고 싶어."

어린왕자가 말했다.

"물을 좀 줘……."

그래서 나는 그가 무엇을 찾고 있었는지 깨달았다.

그는 웃으며 줄을 잡고 도르래를 움직였다.
He laughed, grasped the rope, and set the pulley working.

나는 두레박을 그의 입술에 갖다 대었다.

그는 눈을 감고 물을 마셨다. 마치 축제의 특별 음료처럼 달콤했다. 이 물은 평범한 음료와는 정말로 다른 것이었다. 그것의 달콤함은 별빛 아래에서 행진과 도르래의 노래와 내 팔의 노력으로 태어난 것이다. 그것은 마치 선물을 받았을 때처럼 마음을 기쁘게 하는 것이었다. 내가 어릴 때에는, 크리스마스 트리의 불빛과 자정 미사의 음악과 웃는 얼굴들의 부드러움이 내가 받은 선물을 그토록 빛나게 해주었다.

"아저씨가 살고 있는 곳의 사람들은,"

어린왕자가 말했다.

"같은 정원 안에 5천 송이의 장미꽃을 가꾸지만…… 그러나 그들이 찾는 것을 거기서 발견하지 못해."

"그들은 찾지 못하지."

내가 대답했다.

"그렇지만 그들이 찾고 있는 것은 한 송이의 꽃이나 약간의 물에서 발견될 수도 있어."

"그럼 그건 사실이지."

나는 말했다.

그러자 어린왕자가 덧붙였다.

"하지만 눈으로는 보지 못해. 마음으로 보아야만 해."

나는 물을 마셨다. 전혀 숨을 쉴 수 없었다. 솟아오르는 햇살에 모래는 꿀 빛깔을 띤다. 그리고 꿀 빛깔은 나를 너무 행복하게 했다. 슬퍼할 필요가 어디 있겠는가?

"아저씨는 약속을 지켜야만 해."

다시 내 옆에 앉으며 어린왕자가 내게 살며시 말했다.

"무슨 약속?"

"알고 있잖아…… 내 양에게 굴레를 씌워 준다고…… 난 그 꽃에 대한 책임이 있어."

나는 포켓에서 끄적거려 두었던 그림을 꺼냈다. 어린왕자는 그 그림들을 보고 웃으면서 말했다.

"아저씨의 바오밥나무들은 양배추와 비슷하게 생겼어."

"아!"

난 내 바오밥나무 그림에 대해 몹시 자랑스럽게 여겨왔는데!

"아저씨의 여우는…… 귀가 약간 뿔처럼 생겼어. 그리고 너무 길어."

그리고 그는 다시 웃었다.

"애야, 넌 너무하구나."

나는 말했다.

"난 속이 보이는 보아구렁이와 속이 보이지 않는 보아구렁이밖에 못 그려."

그래서 나는 연필로 굴레를 그렸다. 그 굴레를 어린왕자에게 주면서 나는 가슴이 죄어드는 것 같았다.

"넌 내가 모르는 어떤 계획이 있구나."

나는 말했다.

그러나 그는 대답하지 않았다. 대신에 그는 이렇게 말했다.

"아저씨도 알겠지만…… 내가 지구에 떨어진 지도…… 내일이면 1년이야."

잠시 침묵이 흐른 다음 그가 말을 이었다.

"난 바로 이 근처에 떨어졌었어."

그리고 그는 얼굴을 붉혔다.

그러자 아무런 이유도 없이, 내게는 또다시 야릇한 슬픔이 밀려왔다. 그리고 한 가지 의문이 떠올랐다.

"그럼, 일주일 전 내가 처음 널 만났던 날 아침, 사람 사는 지역에서 수천 마일이나 떨어진 이곳에 네가 혼자 걷고 있었던 것은 우연이 아니로구나? 네가 떨어진 곳으로 되돌아가는 길이었니?"

어린왕자는 다시 얼굴을 붉혔다.

나는 잠시 머뭇거리며 말을 이었다.

"혹시 1년째가 되어서 그런 거였니?"

어린왕자는 또다시 얼굴을 붉혔다. 그는 결코 묻는 말에 대답하지 않았다. 그러나 얼굴을 붉힌다는 것은 '그래'라는 뜻이 아닌가?

"아."

나는 그에게 말했다.

"난 약간 두려워지는구나……."

그러나 그는 내 말을 가로막았다.

"아저씨는 이제 일을 해야만 해. 아저씨 기계로 돌아가야만 해. 난 여기서 아저씨를 기다릴 테야. 내일 저녁에 올라와……."

그러나 나는 안심이 되지 않았다. 나는 여우를 기억했다. 길들여졌다면 약간 울게 될 염려가 있는 것이다.

XXV

The little prince said, "People start out in express trains, but they no longer know what they're looking for. Then they get all excited and rush around in circles⋯" And he added, "It's not worth the trouble⋯"

The well we had come to was not at all like the wells of the Sahara. The wells of the Sahara are no more than holes dug in the sand. This one looked more like a village well. But there was no village here, and I thought I was dreaming.

"It's strange," I said to the little prince, "everything is ready: the pulley, the bucket, and the rope⋯"

He laughed, grasped the rope, and set the pulley working. And the pulley groaned the way an old weather vane groans when the wind has been asleep a long time.

"Hear that?" said the little prince. "We've awakened this well and it's singing."

I didn't want him to tire himself out. "Let me do that," I said to him. "It's too heavy for you."

Slowly I hoisted the bucket to the edge of the well. I set it down with great care. The song of the pulley continued in my ears, and I saw the sun glisten on the still–trembling water.

"I'm thirsty for that water," said the little prince. "Let me drink some⋯"

And I understood what he'd been looking for!

I raised the bucket to his lips. He drank, eyes closed. It was as sweet as a feast. That water was more than merely a drink. It was born of our walk beneath the stars, of the song of the pulley, of the effort of my arms. It did the heart good, like a present. When I was a little boy, the Christmas-tree lights, the music of midnight mass, the tenderness of people's smiles made up, in the same way, the whole radiance of the Christmas present I received.

"People where you live," the little prince said, "grow five thousand roses in one garden··· yet they don't find what they're looking for···"

"They don't find it," I answered.

"And yet what they're looking for could be found in a single rose, or a little water···"

"Of course," I answered.

And the little prince added, "But eyes are blind. You have to look with the heart."

I had drunk the water. I could breathe easy now. The sand, at daybreak, is honey colored. And that color was making me happy, too. Why then did I also feel so sad?

"You must keep your promise," said the little prince, sitting up again beside me.

"What promise?"

"You know··· a muzzle for my sheep··· I'm responsible for this flower!"

I took my drawings out of my pocket. The little prince glanced at them and laughed as he said, "Your baobabs look more like cabbages."

"Oh!" I had been so proud of the baobabs!

"Your fox··· his ears··· look more like horns··· and they're too long!" And he laughed again.

"You're being unfair, my little prince," I said. "I never knew how to draw anything but boas from the inside and boas from the outside."

"Oh, that'll be all right," he said. "Children understand."

So then I drew a muzzle. And with a heavy heart I handed it to him. "You've made plans I don't know about···"

But he didn't answer. He said, "You know, my fall to Earth··· Tomorrow will be the first anniversary···" Then, after a silence, he continued. "I landed very near hear···" And he blushed.

And once again, without understanding why, I felt a strange grief. However, a question occurred to me: "Then it wasn't by accident that on the morning I met you, eight days ago, you were walking that way, all alone, a thousand miles from any inhabited region? Were you returning to the place where you fell to Earth?"

The little prince blushed again.

And I added, hesitantly, "Perhaps on account··· of the anniversary?"

The little prince blushed once more. He never answered questions, but when someone blushes, doesn't that mean "yes"?

"Ah," I said to the little prince, "I'm afraid···"

But he answered, "You must get to work now. You must get back to your engine. I'll wait here. Come back tomorrow night."

But I wasn't reassured. I remembered the fox. You risk tears if you let yourself be tamed.

26

 우물가에는 오래 된 돌담이 무너져 있었다. 다음날 저녁, 일을 마치고 돌아왔을 때, 나는 약간 떨어진 곳에서 어린왕자가 그의 다리를 늘어뜨리고 돌담 위에 앉아 있는 것을 보았다. 그리고 나는 그가 이렇게 말하는 것을 들었다.
 "그러니까 기억을 못하는구나. 정확히 여기는 아니야."
 그가 다시 대답을 하는 것으로 보아 다른 목소리가 그에게 대답하는 모양이었다.
 "그래, 그래! 날짜는 맞는데, 장소가 틀려."
 나는 돌담을 향해 걸어갔다. 보이거나 들리는 것은 아무것도 없었다. 그러나 어린왕자는 또다시 대답했다.
 "……분명해. 넌 모래 위의 내 발자국이 어디에서 시작되는지 알게 될 거야. 넌 거기서 날 기다리면 돼. 오늘밤 그곳으로 갈게."
 나는 돌담에서 단지 20야드 떨어져 있었는데 여전히 아무엇도 보이지 않았다.

잠시 침묵을 지킨 후, 어린왕자가 다시 말했다.

"넌 좋은 독을 가지고 있니? 넌 나를 오랫동안 아프게 하지 않을 자신이 있니?"

"이제 가 봐…… 난 돌담에서 내려가고 싶어."
"Now go away," … "I want to get down from here!"

나는 가슴이 섬뜩해서 걸음을 멈췄다. 그렇지만 도무지 이해할 수가 없었다.

"이젠 가 봐."

어린왕자가 말했다.

"난 돌담에서 내려가고 싶어."

그래서 나도 돌담 밑으로 시선을 내려뜨려 보다가 기겁을 하고 말았다. 그곳에는 30초 만에 사람을 죽일 수 있는 노란 뱀 한 마리가 어린왕자쪽으로 머리를 들고 있었던 것이다. 나는 권총을 꺼내려고 호주머니를 뒤지면서 뒷걸음질을 쳤다.

그러나 나의 발자국 소리에 뱀은 잦아들어가는 분수처럼 모래 속으로 살며시 들어가더니, 별로 허둥대지도 않고, 가벼운 쇳소리를 내며 돌멩이 틈으로 사라져 버렸다. 나는 돌담에 다다른 바로 그 순간 나의 어린왕자를 팔로 안았다. 그의 얼굴은 눈처럼 새하얗게 되었다.

"이게 무슨 짓이냐?"

나는 물었다.

"왜 뱀들과 이야기를 하는 거냐?"

나는 그가 항상 두르고 있는 금빛 머플러를 풀었다. 그의 관자놀이에 물을 적셔 주고 마실 물을 조금 주었다. 그러나 이제 나는 그에게 더 이상 물어볼 엄두가 나지 않았다. 그는 나를 진지하게 바라보더니 그의 팔로 내 목을 감았다. 나는 누군가의 총에 맞아 죽어가는 새의 가슴처럼, 그의 가슴이 뛰는 것을 느꼈다.

"난 아저씨가 기계의 고장을 고치게 돼서 기뻐."

그가 말했다.

"아저씨는 이제 집으로 돌아갈 수가 있어……."

"네가 그걸 어떻게 아니?"

나는 나의 일이 예기치 않게 성공한 데 대해 그에게 말하려던 참이었다.

그는 내 질문에 대답하지 않고 이렇게 덧붙였다.

"나도 오늘 집으로 돌아갈 거야……."

그러더니 슬프게,

"그건 너무 멀어… 너무 힘들고…."

나는 무엇인가 놀라운 일이 일어나리라는 것을 확실히 깨달았다. 나는 그를 어린 아이처럼 나의 팔에 꼭 껴안았다. 그러나 내가 그를 붙잡을 사이도 없이 그는 심연 속으로 곧장 빠져들어 가고 있는 것 같았다.

그의 눈빛은 아득한 곳을 바라보는 듯 매우 진지했다.

"난 아저씨가 준 양을 갖고 있어. 그리고 양을 넣어둘 상자도 있어. 굴레도 있고……."

그리고 그는 나에게 슬픈 미소를 띠었다.

나는 오랜 시간을 기다렸다. 그에게 생기가 조금씩 돌아옴을 느낄 수 있었다.

"사랑스런 꼬마야, 겁이 많이 났지……."

나는 그에게 말했다.

그가 두려워했던 것을 의심할 여지가 없었다. 그러나 그는 환하게 웃었다.

"난 오늘 저녁이 훨씬 두려워……."

돌이킬 수 없는 어떤 일이 일어나고 있다는 느낌에 나는 다시 얼어붙는 것 같았다. 그 웃음 소리를 다시는 들을 수 없게 된다는 생각이 견딜 수 없는 것임을 나는 깨달았다. 나에게 있어서 그것은 사막에 있는 샘물과 같은 것이었다.

"얘야, 난 네 웃음 소리를 다시 듣고 싶구나."

나는 말했다.

그러나 그는 이렇게 말했다.

"오늘밤이면 일 년이 돼…… 그러면 내 별은 일 년 전 내가 지구에 떨어진 그 장소 바로 위에 있게 돼……."

"얘야."

나는 말했다.

"뱀이니 만날 장소니 별이니 하는 이야기는 모두 나쁜 꿈에 불과하다고 나에게 말해 주렴……."

그러나 그는 나의 간청에 대답하지 않았다. 대신에 그는 나에게 이렇게 말했다.

"중요한 것은 눈에 보이지 않아……."

"그래 나도 알아……."

"꽃도 마찬가지야. 만약 아저씨가 어떤 별에 사는 꽃을 사랑한다면, 밤에 하늘을 바라보는 게 감미로울 거야. 별들마다 꽃이 피어날 테니까……."

"그래, 나도 알아……."

"물도 마찬가지야. 도르래와 밧줄 때문에 아저씨가 나에게 마시라고 준 물은 음악과 같았어. 아저씨도 물맛이 얼마나 달콤했는지 기억할 거야."

"그래."

"그리고 밤이 되면 아저씨는 별들을 바라보겠지. 내 별은 너무 작아서 어느 곳에 있는지 아저씨에게 알려 줄 수가 없어. 그 편이 더 좋아. 내 별은 아저씨에겐 많은 별들 중의 하나가 되는 거야. 그러면 아저씨는 하늘에 있는 모든 별들을 바라보는 것이 즐겁게 될 거야……. 그들은 아저씨 친구가 되겠지. 그리고 난 아저씨에게 선물을 하나

하려고 해…….."

그는 다시 웃었다.

"오, 애야. 사랑스런 꼬마야! 난 그 웃음 소리를 사랑한단다!"

"그것이 바로 내 선물이야. 우리가 그 물을 마셨을 때처럼 그렇게 될 거야."

"도대체 무슨 말을 하려는 거니?"

"모든 사람은 별들을 가지고 있어."

그가 대답했다.

"그러나 사람에 따라 별들은 서로 다른 존재야. 여행하는 사람에게 별은 길잡이야. 또 다른 사람에게는 하늘에서 빛나는 희미한 불빛에 불과해. 학자인 사람에게는 연구 대상이고, 내가 아는 사업가에겐 재산이야. 하지만 모든 별들은 말이 없어. 아저씨는 어느 누구도 갖지 못한 별들을 갖게 될 거야……."

"도대체 무슨 말을 하려는 거니?"

"내가 그 별들 중의 하나에 살고 있을 테니까. 내가 그들 중의 하나에서 웃고 있을 테니까. 그러니까 아저씨가 밤하늘을 바라볼 때면, 모든 별들이 마치 웃고 있는 듯이 보일 거야…… 아저씨…… 단지 아저씨만 웃을 수 있는 별들을 갖게 될 거야!"

그리고 그는 다시 웃었다.

"그리고 아저씨의 슬픔이 가라앉으면 시간이 가면 슬픔은 가시게 마련이니까 나를 알게 된 것이 기쁘게 생각될 거야. 아저씨는 언제까지나 내 친구가 될 거야. 아저씨는 나와 함께 웃고 싶어질 거야. 그러면 그저 그런 기쁨을 위해 아저씨는 종종 창문을 열겠지. 그러면 아저씨 친구들은 하늘을 바라보며 웃는 아저씨를 보고 굉장히 놀랄 거야. 그럼 아저씨는 그들에게 말하겠지. '그래, 별들을 보면 항상 웃음이 나오거든.' 그들은 아저씨가 미쳤다고 생각할 거야. 그럼 난 아저씨에게 매우 못된 짓을 한 셈이 될 거야……."

그리고 그는 다시 웃었다.

"별들을 대신해서 웃을 줄 아는 작은 종을 수만 개나 아저씨에게 준 셈이 되는 거야……."

그리고 그는 또 웃었다. 그러더니 갑자기 심각한 얼굴이 되었다.

"오늘밤…… 아저씨도 알지만…… 오지 마……."

"난 네 곁을 떠나지 않겠어."

나는 말했다.

"난 고통스러워하는 것처럼 보일 거야. 난 약간 죽어가는 것처럼 보이겠지. 그런 걸 보러 오지 마. 그럴 필요 없……어."

"난 네 곁을 떠나지 않겠어."

그러나 그는 걱정스러운 빛이었다.

"내가 아저씨한테 말하는 건…… 뱀 때문이야. 뱀이 아저씨를 물면 안 되거든. 뱀은 …… 사나운 동물이야. 장난 삼아 아저씨를 물지도 몰라…… ."

"난 네 곁을 떠나지 않겠어."

그러나 어떤 생각이 그를 안심시킨 듯했다.

"뱀들이 두 번째 물 때에는 독이 없다는 게 사실이야."

그날 밤 나는 그가 길을 떠나는 걸 보지 못했다. 그는 소리 없이 내 곁에서 떠나 버렸다. 내가 그를 뒤쫓아가서 따라잡았을 때, 그는 재빠르고 단호하게 걸어가고 있었다. 그는 단순히 나에게 이렇게 말했다.

"아! 아저씨구나……."

그리고 그는 내 손을 잡았다. 그러나 여전히 그는 걱정하고 있었다.

"아저씨가 온 건 잘못이야. 아저씨는 고통스러워할 거야. 반 죽은 것처럼 보일 테지. 그러나 그건 진실이 아냐……."

나는 아무 말도 하지 않았다.

"아저씨도 알 거야…… 너무 먼 곳이야. 난 이 몸을 끌고 갈 수가 없어. 너무 무거워."

나는 아무 말도 하지 않았다.

"하지만 그건 내버린 낡은 껍질 같을 거야. 낡은 껍질이야. 아무것도 슬플 게 없지……."

나는 아무 말도 하지 않았다.

그는 약간 용기를 잃었다. 그러나 그는 기운을 내려고 애썼다.

"아저씨도 알겠지만, 참 좋을 거야. 나도 별들을 바라볼 테야. 모든 별들은 녹슨 도르래가 있는 우물이 되겠지. 모든 별들은 나에게 물을 마시라고 신선한 물을 부어 줄 거야……."

나는 아무 말도 하지 않았다.

"참으로 신나는 일이겠지! 아저씨는 5억 개의 작은 종을 가지게 되고 난 5억 개의 신선한 샘물을 가지게 될 테니까……."

그리고 그도 역시 더 이상 아무 말이 없었다. 그는 울고 있었기 때문에…….

"저기야. 나 혼자 가게 해줘."

그는 두려움에 떨며 주저앉았다.

He sat down because he was frightened.

나무가 쓰러지듯 그는 조용히 쓰러졌다. 아무런 소리도 들리지 않았다.
He fell gently, the way a tree falls. There wasn't even a sound.

그리고 그는 두려움에 주저앉았다. 그런 다음 그가 다시 말했다.

"아저씨는 알지…… 내 꽃에 대해서…… 난 그 꽃에 대해 책임이 있어. 그리고 그 꽃은 너무 허약하거든! 너무 순진하고! 그 꽃은 외부 세계에 대해 자기 몸을 방어하려고 아무 쓸모도 없는 네 개의 가시를 가지고 있어……."

나도 역시 더 이상 서 있을 수가 없어서 앉았다.

"자, 이제…… 그것이 전부야……."

그는 여전히 약간 망설이더니 일어섰다. 그는 한 발자국을 내디뎠다. 나는 움직일 수가 없었다.

그의 발목 근처의 노란 한 줄기 빛을 제외하고는 아무것도 없었다. 그는 잠깐 동안 그대로 서 있었다. 그는 소리치지 않았다. 나무가 쓰러지듯 그는 조용히 쓰러졌다. 모래 때문에 어떠한 소리도 들리지 않았다.

XXVI

Beside the well, there was a ruin, an old stone wall. When I came back from my work the next evening, I caught sight of my little prince from a distance. He was sitting on top of the wall, legs dangling. And I heard him talking. "Don't you remember?" he was saying. "This isn't exactly the place!" Another voice must have answered him then, for he replied, "Oh yes, it's the right day, but this isn't the place⋯"

I continued walking toward the wall. I still could neither see nor hear anyone, yet the little prince answered again: "Of course. You'll see where my tracks begin on the sand. Just wait for me there. I'll be there tonight."

I was twenty yards from the wall and still saw no

one.

Then the little prince said, after a silence, "Your poison is good? You're sure it won't make me suffer long?"

I stopped short, my heart pounding, but I still didn't understand.

"Now go away," the little prince said. "I want to get down from here!"

Then I looked down toward the foot of the wall, and gave a great start! There, coiled in front of the little prince, was one of those yellow snakes that can kill you in thirty seconds. As I dug into my pocket for my revolver, I stepped back, but at the noise I made, the snake flowed over the sand like a trickling fountain, and without even hurrying, slipped away between the stones with a faint metallic sound.

I reached the wall just in time to catch my little prince in my arms, his face white as snow.

"What's going on here? You're talking to snakes now?"

I loosened the yellow scarf he always wore. I moistened his temples and made him drink some water. And now I didn't dare ask him anything more. He gazed at me with a serious expression and put his arms round my neck. I felt his heart beating like a dying bird's, when it's been shot. He said to me:

"I'm glad you found what was the matter with your engine. Now you'll be able to fly again…"

"How did you know?" I was just coming to tell him that I had been successful beyond all hope!

He didn't answer my question; all he said was "I'm leaving today, too." And then, sadly, "It's much further… It's much more difficult."

I realized that something extraordinary was happening. I was holding him in my arms like a little child, yet it seemed to me that he was dropping headlong into an abyss, and I could do nothing to hold him back.

His expression was very serious now, lost and remote. "I have your sheep. And I have the crate for it. And the muzzle···" And he smiled sadly.

I waited a long time. I could feel that he was reviving a little. "Little fellow, you were frightened···" Of course he was frightened!

But he laughed a little. "I'll be much more frightened tonight···"

Once again I felt chilled by the sense of something irreparable. And I realized I couldn't bear the thought of never hearing that laugh again. For me it was like a spring of fresh water in the desert.

"Little fellow, I want to hear you laugh again···"

But he said to me, "Tonight, it'll be a year. My star will be just above the place where I fell last year···"

"Little fellow, it's a bad dream, isn't it? All this conversation with the snake and the meeting place and the star···"

But he didn't answer my question. All he said was "The important thing is what can't be seen···"

"Of course···"

"It's the same as for the flower. If you love a

flower that lives on a star, then it's good, at night, to look up at the sky. All the stars are blossoming."

"Of course…"

"It's the same for the water. The water you gave me to drink was like music, on account of the pulley and the rope… You remember… It was good."

"Of course…"

"At night, you'll look up at the stars. It's too small, where I live, for me to show you where my star is. It's better that way. My star will be… one of the stars, for you. So you'll like looking at all of them. They'll all be your friends. And besides, I have a present for you." He laughed again.

"Ah, little fellow, little fellow, I love hearing that laugh!"

"That'll be my present. Just that… It'll be the same as for the water."

"What do you mean?"

"People have stars, but they aren't the same. For travelers, the stars are guides. For other people, they're nothing but tiny lights. And for still others, for scholars, they're problems. For my businessman, they were gold. But all those stars are silent stars. You, though, you'll have stars like nobody else."

"What do you mean?"

"When you look up at the sky at night, since I'll be living on one of them, since I'll be laughing on one of them, for you it'll be as if all the stars are laughing. You'll have stars that can laugh!"

And he laughed again.

"And when you're consoled (everyone eventually is consoled), you'll be glad you've known me. You'll always be my friend. You'll feel like laughing with me. And you'll open your window sometimes just for the fun of it⋯ And your friends will be amazed to see you laughing while you're looking up at the sky. Then you'll tell them, 'Yes, it's the stars; they always make me laugh!' And they'll think you're crazy. It'll be a nasty trick I played on you⋯"

And he laughed again.

"And it'll be as if I had given you, instead of stars, a lot of tiny bells that know how to laugh⋯"

And he laughed again. Then he grew serious once more. "Tonight⋯ you know⋯ don't come."

"I won't leave you."

"It'll look as if I'm suffering. It'll look a little as if I'm dying. It'll look that way. Don't come to see that; it's not worth the trouble."

"I won't leave you."

But he was anxious. "I'm telling you this⋯ on account of the snake. He mustn't bite you. Snakes are nasty sometimes. They bite just for fun⋯"

"I won't leave you."

But something reassured him. "It's true they don't have enough poison for a second bite⋯"

That night I didn't see him leave. He got away without making a sound. When I managed to catch up with him, he was walking fast, with determination. All he said was "Ah, you're here." And he took my hand. But he was still anxious. "You were wrong to come. You'll suffer. I'll look as if I'm dead, and that won't be true…"

I said nothing.

"You understand. It's too far. I can't take this body with me. It's too heavy."

I said nothing.

"But it'll be like an old abandoned shell. There's nothing sad about an old shell…"

I said nothing.

He was a little disheartened now. But he made one more effort.

"It'll be nice, you know. I'll be looking at the stars, too. All the stars will be wells with a rusty pulley. All the stars will pour out water for me to drink…"

I said nothing.

"And it'll be fun! You'll have five-hundred million little bells; I'll have five-hundred million springs of fresh water…"

And he, too, said nothing, because he was weeping.

"Here's the place. Let me go on alone."

And he sat down because he was frightened.

Then he said:

"You know··· my flower··· I'm responsible for her. And she's so weak! And so naive. She has four ridiculous thorns to defend her against the world···"

I sat down, too, because I was unable to stand any longer.

He said, "There··· That's all···"

He hesitated a little longer, then he stood up. He took a step. I couldn't move.

There was nothing but a yellow flash close to his ankle. He remained motionless for an instant. He didn't cry out. He fell gently, the way a tree falls. There wasn't even a sound, because of the sand.

27

그러니까 지금으로부터 여섯 해 전의 일이었다……. 나는 이 이야기를 아직 한 번도 하지 않았다. 나와 다시 만난 동료들은 내가 살아 돌아온 걸 보고 매우 기뻐했다. 나는 슬펐다. 그러나 그들에게는 '피곤하다'라고 말했다.

이제 나의 슬픔은 약간 진정이 되었다. 그것은 완전히 진정된 것이 아니라는 말이다. 그러나 나는 그가 그의 별로 되돌아갔다는 것을 알고 있다. 새벽에 그의 몸을 발견할 수 없었기 때문이다. 그의 몸은 그리 무겁지 않았다……. 그리고 밤이 되면 나는 별들에게 귀기울이는 것을 좋아한다. 그것은 마치 5억 개의 작은 종과 흡사했다.

그런데 한 가지 이상한 일이 있다……. 어린왕자에게 굴레를 그려 주면서 나는 가죽끈을 첨가한다는 것을 잊었던 것이다. 그는 그것을 양에게 잡아맬 수 없을 것이다. 그래서 나는 지금 궁금해 하고 있다. 그의 별에 무슨 일이 일어났을까? 아마도 양이 꽃을 먹어 버렸는지도 몰라.

어느 때는 이렇게 생각한다.

'그럴 리가 없어! 어린왕자는 매일 밤 그의 꽃을 유리 덮개로 덮어주고, 매우 조심스럽게 양을 감시할 거야……'

그러면 나는 행복하다. 그러면 모든 별들이 감미롭게 웃는다.

그러나 어느 때는 이렇게 생각한다.

'어쩌다가 방심을 하면 끝장이야! 어느 날 밤 그가 유리 덮개 덮는 것을 잊었거나 양이 밤중에 아무런 소리도 없이 나갔을지도……' 그러면 그 작은 종들은 모두 눈물로 변해 버린다…….

이것은 대단한 수수께끼이다. 어린왕자를 사랑하는 여러분과 나에게는 우리가 알지 못하는 이 세상 어딘가에서 한 마리 양이 한 송이 장미꽃을 먹었느냐 먹지 않았느냐에 따라서 세상이 온통 달라지는 것이다.

하늘을 보라. 여러분 자신에게 물어보라. 그랬을까, 안 그랬을까? 양이 꽃을 먹어 버렸을까? 그러면 여러분은 모든 것이 얼마나 달라지는지 알게 될 것이다.

그러나 어른들은 그것이 그토록 중요하다는 것을 아무도 이해하지 못할 것이다!

XXVII

And now, of course, it's been six years already···. I've never told this story before. The friends who saw me again were very glad to see me alive. I was sad, but I told them, "It's fatigue."

Now I'm somewhat consoled. That is··· not entirely. But I know he did get back to his planet because at daybreak I didn't find his body. It wasn't such a heavy body···. And at night I love listening to the stars. It's like five-hundred million little bells···.

But something extraordinary has happened. When I drew that muzzle for the little prince, I forgot to put in the leather strap. He could never have fastened it on his sheep. And then I wonder, *What's happened there on his planet? Maybe the sheep has eaten the flower…*

Sometimes I tell myself, *Of course not! The little prince puts his flower under glass, and he keeps close watch over his sheep…* Then I'm happy. And all the stars laugh sweetly.

Sometimes I tell myself, *Anyone might be distracted once in a while, and that's all it take! one night he forgot to put her under glass, or else the sheep got out without making any noise, during the night…* Then the bells are all changed into tears!

It's all a great mystery. Who love the little prince, too. As for me, nothing in the universe can be the same if somewhere, no one knows where, a sheep we never saw has or has not eaten a rose….

Look up at the sky. Ask yourself, "Has the sheep eaten the flower or not?" And you'll see how everything changes….

And no grown-up will ever understand how such a thing could be so important!

이것은 나에게 세상에서 가장 사랑스럽고 가장 슬픈 풍경이다. 이것은 앞 페이지의 것과 같은 풍경이다. 그러나 나는 여러분의 기억에 살아남게 하기 위해 다시 한 번 그렸다. 어린왕자가 지상에 나타났다가 사라져 버린 곳이 여기이다.

 이 그림을 조심스럽게 보아두었다가 여러분이 언젠가 아프리카 사막을 여행할 때, 이런 풍경을 반드시 알아내기를 바란다. 그리고 바로 이 지점을 지나게 되거든 부디 서두르지 말고 바로 그 별 밑에서 잠깐 기다려 보길 바란다.

 그때 만일 한 꼬마가 나타나서 웃으면, 머리칼이 금빛이면, 그리고 묻는 말에 대답하지 않으면, 여러분은 그가 누구인지 알 것이다. 만약 이런 일이 일어난다면, 부디 나를 위로해 주기를 바란다. 나에게 그 꼬마가 돌아왔다고 소식을 전해주기를.

For me, this is the loveliest and the saddest landscape in the world. It's the same landscape as the one on the preceding page, but I've drawn it one more time in order to be sure you see it clearly. It's here that the little prince appeared on Earth, then disappeared.

Look at this landscape carefully to be sure of recognizing it, if you should travel to Africa someday, in the desert. And if you happen to pass by here, I beg you not to hurry past. Wait a little, just under the star! Then if a child comes to you, if he laughs, if he has golden hair, if he doesn't answer your questions, you'll know who he is. If this should happen, be kind! Don't let me go on being so sad: Send word immediately that he's come back⋯.